www.einaudi.it

ISBN 978-88-06-27197-8

Michele Mari

I convitati di pietra

Einaudi

GINNASIO-LICEO GIOVANNI BERCHET

ANNO SCOLASTICO 1973/1974

III A

☐ Bathory Elisabetta..................
☐ Brancigalievore Dario...............
☐ Brodo Luca............................
☐ Brusaglia Lucio.......................
☐ Cartarini Susanna...................
☐ Coppo Ilaria...........................
☐ Crollalanza Laura....................
☐ De Cruce Tiziana....................
☐ Fustigati Giulio.......................
☐ Gaudillo Immacolata...............
☐ Giovenzana Manlio.................
☐ Letellier Carolina....................
☐ Maldifassi Benedetta...............
☐ Mascolo Anna........................
☐ Mentasti Andrea......................
☐ Mercandalli Raniero.................
☐ Migliavacca Luciana................
☐ Mòttola Orfeo........................
☐ Musadino Carlo......................
☐ Piselli Raimondo.....................
☐ Podesta Rita...........................
☐ Rebaudengo Isotta..................
☐ Riccadonna Aurelio.................
☐ Ricci Lola.............................
☐ Ridolfi Massimo.....................
☐ Rivadeneyra Lorenzo...............
☐ Ruffolo Marta........................
☐ Sancio Rossella.......................
☐ Semprini Lothar......................
☐ Testaviva Sauro......................

I convitati di pietra

Per quanto ci ripensassero e ne discutessero insieme, non riuscirono mai a stabilire chi avesse avuto l'idea. Per un certo periodo si pensò alla Migliavacca, che pur lusingata si premurò di negare, rivelando di averne sentito parlare da Rivadeneyra, il quale a sua volta fece i nomi di Fustigati e di Brodo, non ricordava però quale dei due: peccato che, in merito, Fustigati protrudesse le labbra nella posa del nesci, e Brodo indicasse prima la De Cruce poi Testaviva poi la Sancio, per ammettere alla fine di essere andato a caso. Naturalmente in proposito ognuno aveva le proprie idee, che teneva per sé come un pegno segreto o al massimo condivideva con uno o due interlocutori, piú che altro per vedere come reagivano alla suggestione. Ma il fatto decisivo era che nessuno, nemmeno velatamente, reclamò mai il merito dell'invenzione, come se quello che tutti avevano condiviso fosse stato concepito simultaneamente nella testa di tutti e trenta loro. Tanta modestia, tuttavia, non aveva nulla di nobile: al contrario corrispondeva all'imbarazzo che ciascuno provava dentro di sé, e in misura crescente con il passare degli anni, nei confronti di un progetto che, salutato inizialmente come una trovata tanto geniale quanto divertente (oltre che, andava da sé, come prova di un'intelligenza superiore), era destinato, anno dopo anno, a rivelare la propria disumana spietatezza.

Qualcuno, dunque, reggendo in mano una fotografia della loro classe e scrutinandone i volti, mentre altri gli si assiepavano alle spalle allungando i colli per vedere anche loro, qualcuno dunque doveva aver buttato là il commento secondo il quale nella mente di Dio o piú laicamente nel fato o ancora piú laicamente nel caso era già previsto chi di loro sarebbe morto per primo e chi per secondo e per terzo e cosí via fino all'ultimo superstite, previsione o predizione in cui erano dettagliatamente compresi i tempi e i modi di ognuna di quelle dipartite. Non si può nemmeno stabilire se il commento fosse formulato da chi reggesse l'immagine o da qualcuno dei retrostanti, anzi negli anni seguenti ci fu chi negò la presenza di quella fotografia, sostenendo che i loro cervelli, impressionati come lastre fotografiche, non avessero bisogno di memento sensibili o altri suggerimenti qualsia. Sta di fatto che di colpo la parola fu la cosa, sicché durante quella stessa cena, subito, i loro reciproci sguardi non furono piú innocenti, come se ciascuno di loro fosse diventato un *coroner*, o un archeologo scopritore di mummie, o un redattore di necrologi: e però nella temperie di una subdola eccitazione, matrice di inconfessabili brividi.

Non tutti erano presenti a quella cena fatale: per la precisione ne mancavano otto, che nelle settimane successive vennero debitamente ragguagliati sul progetto, approvandolo con la stessa gioiosa irresponsabilità con cui lo avevano tenuto a battesimo i commensali. Non c'è accordo nemmeno su chi informò chi, perché in quegli stessi giorni ognuno ne parlò e riparlò con gli altri, incrociando impressioni e proponimenti in una rete inestricabile che si sottraeva a ogni possibilità di stemmatica. Poi, certo, si imposero alcune personalità, anche se nessuno si sarebbe azzardato a stabilire una gerarchia in termini di inventiva e di propulsione, come dire di autorevolezza. È indubbio comunque che fra coloro cui venne unanimemente riconosciuto un ruolo di primo piano è doveroso menzionare Rivadeneyra, forse (forse!) il primo a proporre di tenersi tutti in contatto per monitorare, a partire da un tempo che si dava per scontato essere lontanissimo e fantastico, lo stato delle sopravvivenze e dei decessi, non senza aprire una partita che rendicontasse le malattie registrandole per tipologia e per decorso. A rimorchio, quasi automaticamente, qualcuno (ma nessuno ricorda chi) propose di rivedersi a cena una volta all'anno nella stessa data di quella cena, che si stava svolgendo (o si era svolta, a seconda di quando furono concertati i primi accordi) il 22 luglio 1975, un anno e un giorno dopo la conclusione del loro esame di Maturità. In questi termini il progetto valeva solo in qualità di embrione o di seme nascosto nelle loro vite, come qualcosa di virtuale destinato ad attuarsi soltanto in epoche talmente remote da appartenere al regno delle favole piú che alla realtà, e da riguardare le vite e le morti di individui diversi da loro, individui che al momento e ancora per molti anni anzi decenni non avrebbero saputo immaginare, e nei cui confronti non sentivano di avere alcuna responsabilità. Probabilmente, frullando insieme tutti i loro cervelli, ne sarebbe uscito un quadro di questo genere: per molti anni, come minimo una quarantina, quando avrebbero avuto cinquantotto o cinquantanove anni, cene allegro-goliardiche appena velate di nostalgia, ma soprattutto cene plenarie con due o tre assenti giustificati, non di piú, cene in cui si sarebbe parlato d'arte e di politica, del loro lavoro, dei loro matrimoni e divorzi, dei loro figli, cene in cui sarebbe stato ammesso, anzi auspicato, rievocare il passato, i loro professori, tutta un'aneddotica precocemente cristallizzata in leggenda, con il tacito accordo di non parlare del futuro, nemmeno sfiorandolo per vaghi accenni, perché il futuro era stato escluso dalla loro prospettiva nel momento stesso in cui avevano sottoscritto il patto sciagurato. Vincolandosi a quel disegno, si erano messi nella condizione di non poter piú pensare alla morte in sé, alla morte in assoluto, né tantomeno alla propria, con quanto di struggente e di drammatico e di alto questo pensiero comporta, ma solo alla morte in relazione *agli altri*, in un contesto relativo e agonistico che privava il fatal trapasso della sua terribile sublimità per farne una questione meschina e dispettosa, all'insegna di un flagrante e riprovevole cattivo gusto. Poi, varcata la sessantina, le loro cene sarebbero state piú composte, con meno lazzi e piú sospiri; gli assenti sarebbero aumentati per via di qualche impegno di famiglia o qualche acciacco di poco conto, fino al momento (che nessuno riusciva ad immaginare, ma che prima o poi sarebbe arrivato) di introdurre nella loro conversazione il tema della malattia, o in relazione a un assente, appunto, o per bocca dello stesso interessato, che ci avrebbe scherzato sopra con eleganza. Il seguito era una nebbia di incontri sempre piú malinconici, quando anziché dei figli si sarebbe parlato dei nipoti, e pian piano si sarebbe scoperto che i pensionati erano in maggioranza. Ma tutti ancora vivi, perbacco, o semivivi, finché da una nebbia ancora piú fitta si sarebbe profilata la notizia, la prima vera notizia per come avevano impostato la propria frequentazione, il che, sostanzialmente, voleva dire un nome, un nome che per un bel pezzo sarebbe stato impossibile da indovinare con tanto anticipo, protetti com'erano dalla loro stessa simbiosi, ma che dalla soglia che per convenzione era stata collocata all'altezza dei sessant'anni forse si sarebbe potuto provare a immaginare, sulla base degli acciacchi prima e delle infermità piú serie dopo, di quanto bene o male ciascuno portasse la propria età, del suo stile di vita, dell'anamnesi ereditaria, della reputazione in termini di fortuna o sfortuna, dati ed indizi cui mancava solo il pigmento delle sensazioni di ognuno al riguardo degli altri per configurare una previsione, o una scommessa, o un azzardo, come giocatori al tavolo della *roulette*, per i quali indovinare un numero significa, ed era qui il risvolto cupo dell'intera faccenda, significa desiderarlo, se non altro per poter continuare a giocare. Ma in quei primi tempi, e ancora a lungo, un simile quadro non era chiaro a nessuno, anche perché a beneficiare dell'idea dell'immortalità non era soltanto ognuno in cuor suo, ma la nozione stessa della loro classe, coesa come la graniglia tirata a lucido dalla piombatura. Un'analoga incertezza confondeva le circostanze che quasi subito, nel corso della stessa prima cena, impressero a quella macabra fantasia il carattere positivo di un vero e proprio investimento. Con il senno di poi fu facile attribuire il programma a un analista finanziario come la Coppo o a un revisore dei conti come Fustigati (altri si persuasero diversamente, impressionati dal destino ludopatico di Testaviva o dalla carriera di Giovenzana come programmatore di videogiochi), ma la verità è che nessuno volle mai prendersi quella responsabilità. Il principio peraltro era molto semplice: ognuno di loro avrebbe versato ogni anno una certa cifra (non alta ma nemmeno irrisoria), e il capitale sarebbe stato investito presso una banca, anno dopo anno per trenta nuove infusioni all'anno e riconvergendo gli interessi (composti) nell'investimento, in modo da generare, in quarant'anni e oltre, fino al mezzo secolo su su fino all'età dei piú longevi, un'autentica fortuna, che fu stabilito cadesse finalmente in possesso, in parti uguali, dei tre ultimi sopravvissuti, questo per una forma di anticipata *pietas* che escludeva la possibilità di godere di tutti quei soldi da parte di un unico superstite, non escludendo al contempo che lo spirito competitivo e un delirio di onnipotenza consolidatosi negli anni inducessero il terzetto a giocarsi l'intera posta alla carta piú alta. Questo in effetti colpí gli animi piú sensibili, quando negli anni tornavano a ripensarci, che fin dall'inizio, in tutti loro, il massimo dell'incoscienza e in un certo senso dell'innocenza si associasse al massimo del cinismo, perché è vero, all'inizio si sentivano immortali, ma il modo con cui si illusero di celebrare quella condizione divina introduceva nelle loro vite il tema della mortalità.

Nessuno lo ammise, ma ci fu chi incominciò a redigere tabelle con i nomi sulla colonna delle ordinate e gli anni sulla linea delle ascisse, tabelle imbarazzanti che presto finirono in fondo a un baule o a un cassetto in attesa dei primi segni a forma di croce e poi furono dimenticate per qualche decennio, salvo riacquistare un senso a suo tempo; per altri invece il documento di riferimento era quella stessa fotografia di gruppo, sulla quale, o su una sua copia ingrandita, la dipartita di un compagno ne avrebbe determinato la cancellazione del volto, ritagliato via con le forbici o contraffatto da una X o da una spirale, come nella prassi dei serial killer (e poiché il giorno in cui fu scattata la fotografia c'erano quattro assenti, non mancò chi si premurasse di disegnarne le sagome, due a destra e due a sinistra dell'ultima fila). Non è inverosimile, ancora, che qualcuno abbia optato per una silloge di piccoli elementi materiali contrassegnati da un nome o da un numero e destinati a essere eliminati secondo l'ordine dei decessi, anche se questo procedimento si esponeva alla corruzione che i traslochi, l'incuria delle donne di servizio, la curiosità di bambini maldestri e l'oblio stesso infliggono alle cose di questo mondo. Ecco, l'oblio, programmaticamente scelto dai piú timorati, convinti che non pensarci sarebbe stato un modo per non essere complici, non fosse che ad ogni 22 di luglio, anno dopo anno, il patto venisse confermato e invadesse una quota cospicua della loro conversazione.

Ad arricchire o appesantire il quadro generale ci fu poi la vicenda delle scommesse. Pure in questo caso non è possibile risalire al primo che ebbe l'idea, anche se piú di un indizio portava a Testaviva, noto frequentatore di ippodromi. Bocche cucite, sul meccanismo delle scommesse, anche se non ci vuole una grande immaginazione per supporre che dopo venti o trent'anni, in base agli stili di vita e all'aspetto fisico, prendesse forma quasi automaticamente un borsino di quotazioni stando al quale i grandi bevitori e fumatori fossero dati 1:2, e i salutisti qualcosa tra 1:8 e 1:10. Per molto tempo nessuno fu sfiorato dal pensiero delle implicazioni delle scommesse, finché l'8 ottobre 2008, quindi con alcuni anni di anticipo rispetto all'illusione di almeno un quarantennio di buona salute per tutti, Laura Crollalanza, informata dal proprio medico di un male incurabile che le lasciava pochi mesi di vita, tenendo nascosta la cosa convocò segretamente Raimondo Piselli e Andrea Mentasti nel suo appartamento di via Rugabella 16, proponendo loro di scommettere una grossa cifra sulla di lei prossima dipartita, con l'impegno di devolvere metà del guadagno a favore di sua figlia, orfana di padre. Le cose andarono di conseguenza, anche se la distanza ravvicinata delle scommesse e dell'evento luttuoso era talmente sospetta che nessuno volle piú scommettere con Mentasti e Piselli. Al funerale, officiato nella chiesa di San Nazaro in Brolo, c'era tutta la III A ad eccezione proprio di quei due, cui qualcuno aveva consigliato di non farsi vedere. In questo clima non c'è da stupirsi che i sospetti e le paranoie fiorissero come lebbra fungina: Lola Ricci ad esempio, che l'8 maggio 1990 ebbe il bacino fratturato per essere stata investita in bicicletta da un pirata della strada al km 64 della Paullese, non si peritò di accusare esplicitamente uno dei suoi compagni, non poteva dire chi ma sicuramente doveva trattarsi di qualcuno che aveva scommesso sulla sua morte: cosí tutti incominciarono a guardarsi in modo diverso, e ad affiliarsi a grupuscoli che non necessariamente ripetevano le amicizie e gli schieramenti degli anni liceali, e la cui unica funzione era quella di dare un'illusione protettiva.

Laura Crollalanza non fu la prima vittima. Il 22 giugno del 1986, a un mese esatto dalla loro dodicesima cena, Marta Ruffolo si suicidò nella sua abitazione di via Madre Cabrini 20 ingerendo una dose abnorme di barbiturici. Non lasciò alcun messaggio, né la famiglia seppe spiegare quel gesto. Dei suoi compagni di classe chi l'aveva conosciuta meglio riconobbe che sí, qualcosa che in lei non andasse si intuiva, come un'angoscia rappresa, ma quanto questa impressione fosse indotta a posteriori dal tragico evento nessuno poteva stabilire. Dopo la Maturità si era iscritta a Giurisprudenza, abbandonando gli studi dopo il primo anno per frequentare una scuola di sartoria teatrale: altro non si sapeva, anche perché, e tutti sembrarono rendersene conto solo allora, alle cene aveva partecipato appena tre volte su undici, qualcuno sosteneva soltanto due, in quelle occasioni spiccando per mutismo e invisibilità. Cosí, per la spietatezza delle dinamiche umane, fu come se Marta Ruffolo non avesse mai fatto parte della loro classe, e l'auspicio del quarantennio felice permanesse intatto. E poiché ella risultava assente anche il giorno della fotografia, non ci fu nemmeno bisogno di cancellarne il volto, a meno che non lo si fosse precedentemente aggiunto a penna. E da trenta la III A si ridusse a ventinove, vale a dire, nel pensiero di ognuno, io e altri ventotto. Alle esequie però, svoltesi presso il forno crematorio del cimitero di Lambrate, erano presenti solo sedici compagni.

Il 22 luglio 2009, data della loro trentacinquesima cena, gli altri, per ognuno, erano ventisette. La morte della Crollalanza li aveva colti di sorpresa (scommettitori a parte), lasciando in tutti la sensazione di essere stati ingannati: la morte aveva finto di stare al loro gioco, poi a tradimento, quando già si intravedeva il traguardo dei quarant'anni (piattaforma da cui puntare dritti verso la soglia del mezzo secolo), aveva colpito. E se aveva colpito una volta poteva ripetersi in qualsiasi momento, tanto piú che fino alla cena precedente non c'era stata alcuna avvisaglia del male che aveva stroncato la loro compagna, sicché anche il piú sano e vitale di loro poteva... sí, poteva, anche se nessuno lo pensava di sé, almeno non subito, anzi molto ma molto piú in là, magari non cosí in là da vincere il montepremi ma abbastanza da andarci vicino, comunque non prima di aver compiuto ottant'anni, volevano scherzare? Il funerale della Crollalanza li costrinse a ritrovarsi in una situazione diversa dalla solita conviviale, e piú d'uno prese atto che un conto era parlare della morte a tavola, un po' bevuti e commossi nel languore dello scioglimento emotivo, e un conto parlarne o solo pensarla (non la morte come figura, ma come condizione dell'essere morti) davanti a una cassa di legno sormontata dall'inutile omaggio di qualche mazzo di fiori. E ognuno si chiedeva se fra tutti loro ci fosse chi avrebbe avuto il coraggio di mettere una spunta di fianco a quel nome, anche se la questione si sarebbe dovuta porre molti anni prima per la Ruffolo, che però aveva voluto e deciso, e comunque era troppo presto, troppo presto per tutti. La morte, in ogni caso, sembrò concedere una tregua, perché la cena del quarantennale, 22 luglio 2014, li ritrovò tutti e ventotto, o meglio ventiquattro presenti e quattro assenti giustificati. Avevano cinquantotto-cinquantanove anni, tolti alcuni ripetenti che ne avevano sessanta o sessantuno, e proprio il piú vecchio venne incaricato di tenere un breve discorso. Naturalmente Giulio Fustigati si schermí, ma alla fine dovette cedere alle insistenze. Si alzò in piedi, batté con un cucchiaino sul bicchiere per ottenere il silenzio, si schiarí la voce, scosse la testa come a dire chi se lo sarebbe immaginato, abbozzò un sorriso che sembrava un ghigno, e finalmente parlò. Dopo una *captatio* in cui disse ai compagni che, pur invecchiati, erano sempre loro, e che era quello a contare, essere rimasti se stessi anche se nel frattempo erano diventati genitori e qualcuno già nonno, anche se si erano sposati e separati e risposati, insomma, voleva dire che ne avevano viste di tutti i colori, ma quello che importava era essere ancora tutti insieme, e che, gli perdonassero il sentimentalismo, che si volevano bene: e ingollando febbrilmente il proprio bicchiere pose fine al misero e sgrammaticato discorso. Quanto agli ascoltatori, qualcuno aveva gli occhi lucidi, qualcuno tirò su con il naso, mentre altri, piú tignosi o semplicemente piú onesti, si interrogavano sul concetto di volersi bene. La parola, come ogni anno, fu quindi data a Lorenzo Rivadeneyra, incaricato di riscuotere le quote annuali e di tenere sotto controllo l'investimento comune, che ormai aveva raggiunto un controvalore piú che ragguardevole. Come denunciava il cognome, Rivadeneyra (anche se tutti lo chiamavano Riva) era il rampollo di un ramo laterale di una delle prime famiglie di Spagna, una dinastia che vantava antenati che avevano servito a Corte fin dai tempi di Filippo V, e che aveva rinnovato gli antichi fasti accaparrandosi e gestendo il monopolio dell'estrazione e trasformazione dello zolfo. Logico quindi che Rivadeneyra sembrasse la persona piú indicata per quel genere di incarico, che in effetti svolse sempre con encomiabile attenzione e fiuto per nuovi tipi di investimento al passo con i tempi. I maligni sospettavano che tanto zelo nascondesse la convinzione di finire col beneficiare della ricchezza accumulata, anche se dovevano ammettere che lui per primo non poteva disporre di *chances* maggiori di quelle di chiunque altro. In ogni caso anche quella sera i suoi rendiconti furono salutati da mormorii di meraviglia e soddisfazione, come se quelle cifre spazzassero via tutte le perplessità, i sensi di colpa, gli imbarazzi. Naturalmente, per i suoi servigi Rivadeneyra non chiese mai nulla ai suoi compagni, perfettamente calato com'era nella parte di chi è talmente ricco da non occuparsi di una cosa cosí ordinaria come il guadagno. Forse per questo, poco prima dello storico quarantennale, una compagna di classe si era rivolta segretamente a lui chiedendogli, stralciato dal montepremi, un prestito di entità non indifferente. Questa compagna si chiamava Rossella Sancio, e al liceo era famosa per i suoi facili costumi: almeno cosí si vociferava da parte di chi pretendeva di aver riscosso questo o quell'altro favore o di chi, peggio ancora, arrivava a dire sottovoce di aver potuto assistere. L'interessata non fece mai nulla per dissipare queste voci, di cui anzi si compiaceva come di un tributo al suo fascino, senza considerare che a sua volta questo fascino, in assenza di qualsiasi forma di avvenenza, coincideva interamente con la suddetta facilità. La nomea di ninfomane la seguí come un'ombra anche negli anni successivi, nel corso dei quali il fatto che non le si conoscessero né matrimoni né relazioni stabili confermò nella fantasia dei piú l'idea di una condotta dissoluta. Chi però ci provò, segnatamente Piselli nel 1974, ancora al liceo, e Ridolfi nel 1977, ne ricevette non solo un rifiuto ma anche una buona dose di insulti e, nel primo caso, un ceffone: esito che i malcapitati si guardarono bene dal rivelare ai compagni. Cosí, quando il 6 giugno 2014 la Sancio si presentò nell'ufficio di *import-export* di Rivadeneyra, questi, senza troppi giri di parole, le chiese una contropartita in natura, suscitando in lei una reazione sdegnata. Da uomo di mondo qual era, Rivadeneyra non si scompose, traducendo immediatamente il pedaggio sessuale in pedaggio economico, in altre parole concedendo il prestito (all'insaputa dei loro compagni) a un tasso di interesse altissimo, e prendendosi formalmente tutte le garanzie del caso. La Sancio capitolò. Quanto al pericolo che al dunque si vendicasse rivelando tutto agli altri, Rivadeneyra si disse che poteva correre il rischio, perché di fronte all'inatteso guadagno, si trattasse di interessi o di confische, la maggior parte dei suoi compagnucci non avrebbe storto il naso. La sera del quarantennale, dunque, Rivadeneyra rendicontò, gratificando i presenti e passando sotto silenzio il caso della Sancio, cui nondimeno gettò qualche occhiata intimidatoria di troppo. Il dettaglio non sfuggí a Tiziana De Cruce, biologa marina adusa dal proprio lavoro, si trattasse di un tonno o di una madrepora, a sovrainterpretare molti fenomeni come richiami sessuali. Cosí quella sera, rientrando a casa a piedi, ebbe modo di rimuginare sull'equivoca disinvoltura di certe compagne, e per contrasto sulla propria inettitudine in un campo in cui l'ultima spugna marina aveva piú competenze e piú iniziativa di lei. Stizzita, frustrata, si chiese poi, come le era già capitato in precedenti occasioni, che senso avesse rivedersi ogni anno a cena, dato che nulla legava le loro vite al di là del fatto casuale e ormai superatissimo di aver fatto parte della stessa classe per un pugno di anni scolastici: certo, c'era la riffa della morte, che però, una volta impostata, poteva prescindere dallo stanco rituale dei simposii, anzi lo doveva, se non altro per una questione di eleganza. Ora che si stavano avvicinando alla sessantina, anzi ora che i ripetenti come Fusti e Testa l'avevano già raggiunta, non poteva fugare la sgradevole impressione che lí, a tavola, ognuno cercasse nei volti altrui i segni dell'invecchiamento se non della malattia, come se ogni ruga, ogni macchia della pelle, ogni canizie e calvizie fosse, per chi osservava, un presagio di vittoria. E come si sarebbe sentita negli anni a venire, quando i segni del decadimento fossero diventati flagranti? No: in un attimo decise che non avrebbe piú partecipato a quelle cene di avvoltoi, ogni anno avrebbe trovato una scusa. Il passo successivo era implicito: e se addirittura si fosse tolta da... non sapeva nemmeno che termine usare, il patto, la macchina, la lotteria... Se avesse smesso di versare la sua quota annuale, rinunciando formalmente a qualsiasi diritto sul capitale investito, fosse anche vissuta cent'anni? L'accordo era stato stipulato sulla parola, al di là del flusso monetario non c'era nulla che li vincolasse, ma ai soldi si poteva appunto rinunciare. Però, era davvero solo una questione di soldi? Si chiese se invece quella macabra competizione non fosse la forma presa dalla loro stessa vitalità, il modo piú diretto per sentirsi vivi, e in gioco, sí, in gioco fino all'ultimo istante possibile, comunque piú vivi di quanto sarebbero stati aspettando la morte ognuno per conto suo, all'insaputa del destino degli altri, in un'ignoranza molto simile al tradimento, pigiati com'erano in una stessa trincea, e chi ce li aveva pigiati, con l'indiscutibilità dell'arbitrio, era stato il loro ginnasio-liceo, nel mese di settembre dell'anno 1969.

Quella stessa sera, passata la mezzanotte, Lola Ricci ricevette una telefonata. Era Brodo, che come d'abitudine le riferiva i dati finanziari esposti da Rivadeneyra. Dopo l'incidente la Ricci era stata operata due volte, prima per ridurre la frattura al bacino e poi per una lussazione dell'anca: nonostante anni di fisioterapia non si era però mai ripresa del tutto, esibendo una camminata sbilenca puntellata a fatica dal bastone, arnese che un'impugnatura d'argento effigiante una testa di levriero non bastava a nobilitare. Se non altro, però, le sue condizioni le permettevano di essere spesso assente alle cene annuali, tanto piú invise quanto piú era convinta della colpevolezza di uno dei suoi compagni, che pur non essendo riuscito a farla fuori doveva comunque congratularsi in cuor suo (idea insopportabile) per averle verosimilmente accorciato le prospettive di vita. E poiché i primi sospettati in tal senso erano gli scommettitori, vale a dire Piselli, Mentasti, Testaviva e Ridolfi, le fu naturale eleggere a proprio confidente e rappresentante il loro acerrimo nemico, Luca Brodo. Brodo odiava gli scommettitori perché gli usavano prepotenza, timido e mingherlino com'era, e lo sfottevano, e due di loro, Piselli e Mentasti, lo bersagliavano tirandogli in testa i dadi Knorr, e pronunciavano il suo nome e cognome con la voce del Padrino quando nomina Luca Brasi. Ma non bisogna stupirsene, perché nel suo animo Brodo odiava tutti: i compagni, gli studenti delle altre classi e delle altre scuole, tutti gli esseri viventi dell'universo mondo compresi i suoi famigliari, con l'unica eccezione della mamma, che fin dalla sua piú tenera età si premurò di metterlo in guardia dalle insidie della gente, perché la gente è cattiva, tutta! ed è falsa, ed è manovrata dal diavolo, e non bisogna mai abbassare la guardia, e gli uomini sono tutti maiali e le donne tutte troie, la troia è appunto la femmina del maiale, o verro o porco o porcello, vergogna, schifo, vergogna! Cosí già in I liceo, vale a dire con due anni di anticipo sul concepimento della riffa della morte, Brodo prese l'abitudine di sagomare con il legno o con il pongo, e una volta con una patata, figurine antropomorfe cui assegnava i nomi di Piselli e di Mentasti per poi trafiggerle con spilloni o bruciarle sui fornelli: lo aveva visto fare in un documentario sui *macumbeiros* del Sertão brasiliano, e la cosa lo aveva subito entusiasmato. Peccato che non se ne vedessero i risultati, ma l'officiante confidava che ad ogni macumba i suoi nemici perdessero un po' di vita, sicché insisteva. Insistette fino all'estate del 1975, quando l'ideazione collettiva della riffa spalancò alla sua mente la prospettiva di una macumba estesa a tutta la classe. Si procurò dunque ventinove pupazzetti (piccoli clown con la chioma arancione e due crocettine al posto degli occhi), e dopo averli identificati uno per uno tramite una targhetta legata al collo li sottopose ad ogni tipo di oltraggio e di sevizie per giorni e giorni, finché la fuoriuscita dell'imbottitura e le piú varie menomazioni non li resero inutilizzabili. Allora Brodo optò per la grafica. Fotocopiò e ingrandí la sua foto di classe, dopodiché si sbizzarrí a deformare i volti usando alternamente un pennarello e un punteruolo: con magra soddisfazione però, a causa di un crampo che gli comprometteva i movimenti della mano destra, crampo dovuto a un'attività autoerotica che, la si fosse conosciuta nei numeri e nei tempi, non si sarebbe esitato a definire leggendaria. Egli stesso ne aveva una nozione mitica, impegnato com'era da decenni a stabilire record sempre piú favolosi che lo lasciavano spossato e per lunghi tratti inabile della mano: la quale peraltro, una volta scioltasi, prendeva a sussultare autonomamente anche nei momenti meno indicati, come in tram o al bancone di un bar o, guarda caso, a una cena di classe, quando dava ai costernati compagni il sospetto di una precoce forma di Parkinson. Fra questi compagni, qualche compagna ignara di essere di tanto in tanto la musa ispiratrice di una simile attività: guardandola, a cena, Brodo non faceva nulla per nascondere il proprio tremolio, intendendolo al contrario come un omaggio allusivo. Quanto a Lola Ricci, Brodo accettò di buon grado il ruolo di confidente, perché pur non facendole sconti in termini di malaugurio ne subiva il fascino, trovando erotica, eroticissima la sua infermità: qualcosa del genere gli era capitato vedendo al cinema la Tristana di Buñuel, un altare cui non smise mai di sacrificare. All'altezza del quarantennale, la madre di Brodo aveva ottantaquattro anni, e il figlio, che viveva della sua pensione perché non aveva mai trovato un lavoro, si prendeva cura di lei. La sera, coperti dallo stesso plaid sul divano, nell'appartamento in via Maestri Campionesi al 40, vedevano insieme il tenente Colombo, o Kojak, o l'ispettore Derrick, e piú tardi lui le rimboccava le coperte come lei le aveva rimboccate a lui per una vita intera. A letto, dopo essersi spossato per bene, Brodo fantasticava di come avrebbe speso i soldi della riffa, perché non dubitava di essere destinato alla vittoria: quasi sempre quelle fantasie riguardavano il meraviglioso e inesauribile mondo della pornografia, nei confronti del quale provava una gratitudine religiosa.

Chi al contrario si augurava di morirsene, magari tardi sí ma non fra gli ultimi tre, quindi al massimo quartultima, era Luciana Migliavacca. In piú occasioni disse pubblicamente che si sarebbe sentita in colpa nel ricevere un premio che grondava sangue (una volta usò proprio questa espressione), e che pur avendo partecipato attivamente ai primi conciliaboli e ammettendo dunque una certa responsabilità se ne era pentita da tempo, insomma sarebbe tornata volentieri indietro: lo diceva come gettasse un'esca, sulla quale però, tolto qualche attimo di pensosità da parte di Mercandalli, nessuno si avventava. Raniero Mercandalli era un architetto, e la sua vita sembrava ricalcata su un telefilm o sulla pubblicità di una fetta biscottata: aveva una bella moglie e due bellissime figlie, una villa sul lago Lemano con giardino e piscina, un Golden retriever, un ultimo modello di Volvo o BMW che cambiava ogni anno; lavorava a Ginevra, guadagnava un sacco di soldi, giocava a golf, ma incredibilmente non suscitava alcun tipo di invidia nei suoi compagni, forse perché nel suo candore appariva incapace di pensare il male e dunque di accoglierlo, o forse perché la sua convinzione di vivere nel migliore dei mondi possibili, presagibile fin dai tempi del ginnasio, era compatita come indubbio segno di demenza. Causò irritazione, invece, quanto ebbe a dire in occasione della cena del 22 luglio 2016, quando tutti avevano superato i sessant'anni. La Migliavacca non era piú tornata sull'argomento, che in effetti durante la cena del 2015 sembrava essere stato rimosso, ma evidentemente i semi della sua perplessità avevano attecchito nel terreno soffice dell'animo di Mercandalli, che spiazzò tutti proponendo che i tre vincitori, chiunque fossero, si impegnassero fin da subito a devolvere il premio in beneficenza: non solo, perché il suo spirito positivo lo aveva già spinto a preparare una lista di istituzioni umanitarie meritevoli della donazione, lista che si trattava ora di approvare o integrare. Un giro di pareri in senso orario bocciò la proposta senza possibilità di appello: molti si limitarono a dire di no o a scuotere la testa, ma qualcuno motivò il suo dissenso in modo piú articolato. Anna Mascolo, ad esempio, insistette sulla necessità di salvaguardare lo spirito originario dell'invenzione, spirito, ricordava ai piú smemorati, che si riassumeva perfettamente nel motto *Mors tua vita mea*, come ben sapevano i magnanimi antichi e come risultava anche da alcuni luminosi passaggi della *Scienza nuova* del grande Giambattista Vico, che tutti loro avevano studiato in II liceo con un entusiasmo pari solo a quello suscitato dalle opere di Niccolò Machiavelli. Associandosi a queste parole, Fustigati aggiunse che per lui il senso dell'operazione era salare il sangue della vita, mai cosí piena come quando è percepita in opposizione alla morte, tanto che se fosse dipeso da lui avrebbe organizzato una bella *roulette* russa, tutti seduti attorno a un gran mucchio d'oro, ognuno con una benda rossa in testa come Christopher Walken, *click*, *click*, *bang!* e via cosí. Infine, in tono sprezzante, Mentasti disse che poiché il Merca era tanto generoso, e visto che i soldi non gli mancavano, poteva benissimo fare tutte le donazioni che voleva a chi voleva non rovinando i piani a loro, intenzionati a procedere senza tentennamenti fino al verdetto finale. A quel punto Mercandalli si alzò gettando il tovagliolo sul piatto e dirigendosi verso l'uscita; poi ebbe un ripensamento, tornò indietro e guardandoli tutti disse che era una grande delusione, al che qualcuno, nella confusione non si capí chi, gli urlò dietro che *lui* era una delusione: fulminato da queste parole Mercandalli, che si era nuovamente girato per guadagnare l'uscita, tornò indietro un'altra volta e con voce ansimante volle precisare che ci aveva già pensato perché nella delusione aveva voluto comprendere anche se stesso, quindi diede loro definitivamente le spalle, offrendosi bersaglio alle pagnotte lanciate da Mentasti e da Piselli.

Quella cena portò con sé anche un'altra conseguenza. A Brodo, imbozzolito nel proprio silenzio, non poté sfuggire l'analogia fra le pagnotte lanciate a ludibrio sulla schiena di Mercandalli e i dadi Knorr tiratigli in testa da quei due delinquenti, anzi piú che di analogia si dovrebbe parlare di un transfert, che lo lasciò turbato e smanioso di vendetta per il rimanente della cena e sulla via del ritorno, quando decise che le macumbe non bastavano piú, e che bisognava passare a un livello superiore. Ora, poiché non aveva modo di frequentare quei due, né ne conosceva l'indirizzo e le abitudini, si convinse rapidamente che la cosa migliore, tenendo a bada l'impazienza, sarebbe stata versare qualche veleno nei loro bicchieri in occasione della prossima cena, sicché aveva un anno intero per organizzarsi, un anno in cui tanto per incominciare avrebbe cercato di usare il piú possibile la mano sinistra in modo da imparare a padroneggiarne i movimenti, nel caso che al dunque il solito crampo alla mano destra ostacolasse le manovre con la fatale bustina. Quanto a prendere l'abitudine di adoperare la sinistra nella sua attività autosuggestiva, Brodo non ci pensò nemmeno, tanto il braccio, l'avambraccio, il polso e la mano destri costituivano ormai in lui una persona dotata di una propria e prepotentissima volontà.

Coppia inseparabile al liceo, tanto da costituire agli occhi degli altri un dittico, Piselli e Mentasti erano rimasti comunque assidui anche negli anni seguenti, abitando entrambi in zona Corvetto (via Polesine 4 e piazzale Gabrio Rosa 11) e facendo ogni anno l'abbonamento all'Inter, secondo anello verde, settore 250, fila C, posti 17 e 18. Raimondo Piselli si era iscritto a Giurisprudenza, poi, abbandonati gli studi, aveva rilevato (con i soldi del padre, cui in teoria ma solo in teoria prima o poi avrebbe dovuto restituire il prestito) una rivendita di idrosanitari che andava cosí cosí, anche perché i possibili clienti di fede rossonera ne uscivano immediatamente alla vista di tre gigantografie di Brehme, Matthäus e Klinsmann appese dietro al bancone. Si era sposato con una donna che lavorava in cassa, e che gli aveva dato due figli chiamati Walter e Diego in omaggio a Zenga e a Milito: nulla indispettiva maggiormente il padre che sentir ricondurre il nome Diego a Maradona, e quando protestava e precisava si sentiva dire cose del genere: «Neh, ma che vvuo', 'o chiami Tieco e nun pienz' a Maradò?» Quella mattina (erano passati tre giorni dalla cena abbandonata da Mercandalli), osservando la possente coscia di sua moglie, appollaiata sullo sgabello della cassa, Piselli ebbe una folgorazione: le donne, si sa, vivono piú a lungo degli uomini, quindi era probabile che, anche se lui avesse vinto, il beneficio sarebbe stato goduto dalla moglie, come giusto, e dai figli, ma il fatto che fosse giusto non significava che dovesse piacergli, anche perché non si poteva escludere che la moglie si risposasse, nel qual caso il frutto della vittoria sarebbe stato esteso a uno sconosciuto, un lurido bastardo che si sarebbe goduto i quattrini spaparanzato su un'amaca, con una camicia hawaiana e la faccia soddisfatta di Walter Matthau. Non Matthäus, Matthau! Cosí, appanicato, telefonò a Mentasti per dargli appuntamento quella sera stessa alla sala giochi di via dei Cinquecento. Lí, seduti in un *séparé*, gli fece di punto in bianco una proposta che a ben vedere, in realtà, non spostava molto le cose: promettersi reciprocamente che, qualora entrambi fossero finiti nel terzetto vincente, versassero in un conto corrente cointestato l'ammontare delle loro vincite, disponendone a piacere fino al momento della morte dell'uno, allorché l'altro sarebbe entrato in possesso della cifra rimanente: tagliando fuori completamente le rispettive mogli, che il loro istinto di predatori aveva sempre tenuto all'oscuro della riffa. Sulla questione, in effetti, si era deciso, non si sa per impulso di chi, di lasciare a ciascuno la libertà discrezionale di informare i congiunti (non però gli estranei!), onde per cui chi prendeva la cosa come un gioco, lugubre ma pur sempre un gioco, se non una forma di esorcismo, ne parlò liberamente in famiglia, mentre chi ne percepiva la loscaggine e la violenza tenne la cosa per sé, anche se di questi piú di uno, in tempi diversi, dovette confessare tutto a un genitore o a una moglie insospettiti dalle uscite annuali di una certa cifra. Fra chi rivelò tutto fin dall'inizio c'era Rita Podesta (non Podestà, perché, come ci teneva a puntualizzare l'interessata, il suo cognome derivava dal nominativo *potestas* e non dall'accusativo *potestatem*). All'uscita dalla Maturità aveva diciannove anni, e due fratellini di undici e nove, i quali presero presto a tormentarla chiedendole se qualcuno dei suoi compagni avesse incominciato a morire. Memorabile una sera di Natale del 1978, quando il piú piccolo ricevette una sberla da sua madre per essersi lamentato appunto perché nella classe della sorella non crepava nessuno. La crudeltà del caso o meglio del destino (perché il caso essendo caso non può essere crudele) volle che due anni dopo, il 7 marzo del 1980, l'altro fratello morisse in seguito alla caduta da quel tipo di giostra conosciuta con il nome di Calcinculo, essendosi sbullonato e sganciato un sedile (*quel* sedile) che aveva poi seguito la legge della forza centrifuga. Pur senza una diretta responsabilità, la Podesta se ne fece una colpa, come se la trovata della riffa avesse introdotto la morte in casa sua: cosí del resto sembravano pensarla i genitori, che le diedero l'ostracismo pensandola a sua volta come morta. Da allora la sua vita fu una *via crucis* di cliniche psichiatriche da cui entrava e usciva come da un albergo. Questo fece sí, per intercessione della Migliavacca e di Fustigati, che le venisse dimezzata la quota annuale di partecipazione alla riffa.

Il 22 luglio 2017 (quarantatreesima cena), Lucio Brusaglia e Carolina Letellier annunciarono la fine del loro storico fidanzamento, che durava dai banchi del liceo ed era universalmente addotto a modello di fedeltà e di tenuta. Non avevano figli, per cui la separazione era piú leggera, ma tutti furono egualmente impressionati dallo scioglimento di un sodalizio che per ognuno era un pegno di continuità nei confronti del loro comune passato. Lui era un attore di teatro, lei un architetto, erano magri, belli, spiritosi, disinvolti, erano anche piuttosto ricchi, cena dopo cena avevano raccontato dei risultati raggiunti nel lavoro o dei viaggi in paesi talmente esotici che la maggior parte dei compagni non li aveva mai sentiti nominare, insomma sembravano finti, e forse per questo, come capitava anche per Mercandalli, suscitavano ammirazione ma non invidia, eppure… eppure quando annunciarono la loro separazione, avvenuta sei mesi prima (lui rimaneva nella grande casa di via Mario Pagano 26, lei si stava trasferendo in Umbria), piú di uno dei presenti godette. Godette Brancigalievore, che era stato per molti anni innamorato della Letellier, godette la Mascolo, che era un architetto ridotto a fare l'arredatore di interni, godette Fustigati, che aveva frequentato la scuola del Piccolo Teatro di Milano e il cui ruolo piú importante era stato quello di Guildenstern, nello stesso spettacolo in cui Brusaglia faceva Amleto. Però, aggiunse Brusaglia, avevano deciso di rimanere buoni amici, e nel dirlo le prese la mano. Disgustato da tanta melensaggine, Testaviva ragliò che facessero come gli pareva, e che voleva proprio vedere come sarebbero andati d'amore e d'accordo dopo altri vent'anni. Questa uscita ebbe l'effetto di creare il silenzio generale, perché la mente di ognuno fece subito un rapido conto: vent'anni dopo, nel 2037, quelli nati nel 1955, che erano la grande maggioranza, avrebbero avuto ottantadue anni, anzi, se a quel tempo i premi fossero stati già assegnati, quasi tutti, tolti solo i vincitori, sarebbero risultati già morti, senza garanzie che la cosa non fosse da retrodatare, a ottantun anni, ottanta, settantanove... Di questi momenti di sconcerto approfittò Brodo, che come da programma si era presentato con in tasca una bustina in cui lo zucchero era stato sostituito dalla stricnina, ricavata da tre noci vomiche acquistate anonimamente su Internet. Poiché l'irrigidimento dei muscoli del collo sopravviene circa quaranta minuti dopo l'ingestione (sarebbero poi venuti gli spasmi e il blocco respiratorio), conveniva versare il contenuto della bustina all'ultimo momento utile, in modo che i compagni, allarmati dai primi sintomi, non chiamassero in tempo un'ambulanza. Ma il malumore e i calcoli mentali e i commenti causati da quell'annuncio sembravano aver posto fine alla cena, tanto che già qualcuno si stava alzando. Cogliendo l'attimo, Brodo (che aveva fatto in modo di trovarsi seduto accanto a Mentasti), nascondendo la bustina nella mano sinistra, chiusa a becco come la ganascia di una gru meccanica, fece cadere un po' di polvere nel bicchiere vicino, ma quando passò alle spalle di Mentasti per raggiungere il bicchiere di Piselli incrociò in una frazione di secondo lo sguardo di Lola Ricci, sicché desistette. Se ne stavano andando tutti, dunque, e molti lasciavano il bicchiere mezzo pieno. Prima che lui stesso potesse invitare il gruppo al goccio della staffa (passo inverosimile, venendo da un essere goffo e impedito come lui, ma nondimeno necessario), ci pensò proprio la Ricci a toglierlo d'impaccio, proponendo un ultimo brindisi cui tutti si associarono, perlomeno chi aveva ancora qualcosa nel bicchiere: *quorum* Mentasti. E intanto che Mentasti beveva, la Ricci guardava Brodo, e sorrideva, mentre con la mano accarezzava l'impugnatura d'argento del suo bastone.

La cena del 22 luglio 2018 registrò ventidue presenze. Erano assenti giustificati De Cruce, Podesta, Letellier, Semprini e Gaudillo. Defunti, Ruffolo, Crollalanza e Mentasti. Quest'ultimo era spirato l'anno prima, due ore dopo essersi congedato dai compagni. Un sommario esame tossicologico aveva rilevato pesanti tracce di anfetamine, delle quali Mentasti abusava da lunga pezza, e tanto bastò perché la famiglia ottenesse che non fosse eseguita una vera e propria autopsia. Al funerale (chiesa d'Ognissanti, via Bessarione) parteciparono tutti, meno Semprini. Brodo, se per un verso pensava di averla fatta franca, si sentiva inchiodato dalla Ricci, la quale trovò modo di sorridergli da lontano un paio di volte. Certo, poteva ben darsi che quella pazza, convinta che dietro il proprio incidente ci fossero stati gli scommettitori, quindi con ogni probabilità Mentasti, gli sorridesse per semplice gratitudine, quasi a incoraggiarlo a estendere l'operato a gentaglia come Piselli e Testaviva; ma quei sorrisi potevano anche voler dire «Ti tengo, brodolino mio», configurando un'immagine di ghermimento che oltre a eccitarlo oltremisura, aprendo un nuovo fronte nel suo già ricchissimo repertorio mentale, portava dritta all'idea del ricatto, idea semplicemente assurda perché nel caso lui avesse vinto lei sarebbe stata già morta, a meno che vincessero insieme e lei pretendesse la di lui fetta. Ma no, acciaccata com'era non poteva aspirare a tanto: era piú probabile la prima idea, che volesse servirsi di lui per altre eliminazioni, nel qual caso non era detto che si sarebbe fermata a Piselli e Testaviva.

Lothar Semprini non prese parte al funerale perché impegnato in una fiera del fumetto organizzata dalla libreria «Schooten» di Leida, in Olanda. Com'è intuitivo, quella passione era stata ereditata dal padre, che lo aveva chiamato Lothar in onore del fedele servitore di Mandrake. Crescendo in mezzo ai fumetti il giovane Semprini patí sempre il cruccio di non inventarsene uno tutto suo: un po' perché non sapeva disegnare bene, un po' perché la sua fantasia era già satura di migliaia e migliaia di personaggi, avventure, stili grafici, trovate: tutto era già stato creato e infinite volte variato, anche perché il suo feticismo gli impedí di aprirsi favorevolmente alla nuova voga del *graphic novel*, da lui vista come un subdolo tentativo da parte della letteratura di abolire la specificità del fumetto per riconquistare il terreno perduto. Forse per il senso di colpa dovuto al fatto di non aver presenziato al funerale come tutti gli altri, Semprini pensò di omaggiare il compagno scomparso inventandosi un personaggio, Mentina, e facendone il protagonista di alcune strisce, le cui scansioni inviò ai compagni già dall'albergo di Leida. Peccato che il disegno deficitasse, e che il suddetto Mentina apparisse come un goffo incrocio tra Geppo e Tiramolla: ma soprattutto, quelle strisce non facevano ridere né sorridere, né pensare, né diventare malinconici. Vero si è che con il minimalismo sporco del suo tratto Semprini si illudeva di ricalcare le mosse di un maestro del rango di George Herriman, come poco pietosamente gli avrebbe fatto notare Mercandalli. Ma il commento che lo ferí di piú fu quello della Gaudillo, che nemmeno troppo velatamente insinuò che quell'invenzione era ricalcata fin dal nome su Miętus/Miętalski, personaggio di *Ferdydurke* di Gombrowicz noto per le sue scorrettezze, la sua violenza e la sua omosessualità: forse che col pretesto di omaggiare il compagno, Semprini aveva voluto infierire su di lui, senza un briciolo della pietà che si deve ai defunti? La Gaudillo aveva messo in copia l'intera classe, sicché Semprini dovette spiegare a tutti che non era certo stata quella la sua intenzione, anche perché Gombrowicz sapeva chi fosse (sapeva che si chiamava Witold, ad esempio, e che era uno dei maggiori scrittori polacchi se non il maggiore) ma non lo aveva mai letto, cosa che avrebbe incominciato a fare subito ringraziando per l'opportunità concessagli. L'ultimo atto dello scambio epistolare venne da Piselli, che vulnerabilissimo in merito ai possibili giochi di parole sul suo cognome chiese a Semprini, nel caso morisse, di non disegnarlo. Immacolata Gaudillo aveva in effetti la cattedra di Lingua e letteratura polacca all'Università di Siena, dove abitava. Aveva però conservato un appartamento a Milano in via Filippo Sassetti, con l'unico fine di avere un appoggio in occasione delle cene di classe. Piú volte le era stato detto che le sarebbe costata meno una notte in albergo, soluzione che per un preciso motivo non volle mai prendere in considerazione. La verità è che mentre la Sancio aveva un'ingiustificata fama di ninfomane, con tutti gli equivoci del caso, l'inappuntabile professoressa Immacolata Gaudillo nascondeva una fervida attività che ne smentiva il nome ben corrispondendo invece al cognome: nell'ambito di questa attività (mentale prima ancora che fattuale) la Gaudillo aveva scommesso con se stessa, fin dalla V ginnasio, che uno dopo l'altro avrebbe indotto al concubito tutti diconsi tutti i suoi compagni di classe. All'altezza dell'ultima cena, 22 luglio 2018, dei quindici soggetti maschili della III A dieci erano stati acquisiti, secondo questa cronotopologia:

Mentasti	3 febbraio 1973	liceo Berchet, bagni terzo piano ala nuova
Piselli	9 maggio 1974	liceo Berchet, scantinato caldaia
Testaviva	23 luglio 1975	parco delle Basiliche lato Sant'Eustorgio
Brancigalievore	23 luglio 1976	appartamento via Sassetti 18
Rivadeneyra	27 settembre 1976	ufficio di Rivadeneyra, via Andegari 6
Fustigati	23 luglio 1977	appartamento via Sassetti 18
Brusaglia	23 luglio 1978	appartamento via Sassetti 18
Mercandalli	23 luglio 1980	appartamento via Sassetti 18
Ridolfi	23 luglio 1982	appartamento via Sassetti 18
Giovenzana	23 luglio 1987	appartamento via Sassetti 18

Questa tabella, redatta a mano su un cartoncino ormai logoro agli angoli, era motivo di grande cruccio per la Gaudillo, perché testimoniava di una scomoda verità. Nata il 14 marzo 1955, al tempo della prima conquista (prima s'intende se ci si limita all'ambito della classe) non aveva ancora diciott'anni, e pur non essendo particolarmente bella aveva dalla sua un'esuberante sensualità. Le altre conquiste erano venute quasi da sé al ritmo di una all'anno (due nel 1976) fino ad acquisire una scadenza biennale: poi basta, con un'eccezione isolata nel 1987. Quasi tutto entro i ventisette anni, poi un colpo a trentadue, poi piú nulla. Possibile che avesse perso ogni attrattiva? È vero, bisognava mettere in conto che col passare del tempo aumentava il numero dei coniugati, ma non era altrettanto vero che il bel Brusaglia se l'era rivoltato come voleva, nonostante il suo fidanzamento con la Letellier? E Ridolfi, non era fidanzato anche lui? Per non parlare di Mercandalli e di Giovenzana, entrambi sposi da nemmeno un anno... Era evidente che doveva cambiare metodo. In occasione di quelle cene lontane aveva adottato sempre la stessa tecnica. Faceva in modo di sedersi di fianco o di fronte al prescelto, si lasciava sfuggire prolungati sguardi nella sua direzione, beveva e lo faceva bere, lo sfiorava casualmente a una gamba, poi uscendo dal ristorante gli si aggrappava al braccio dicendo di aver bevuto troppo e chiedendogli, una volta dileguatisi gli altri, di accompagnarla per un po' verso casa. Il resto veniva da sé, finché da un certo momento in poi non venne piú. Beveva e faceva bere, faceva la smorfiosa, dardeggiava occhiate invitanti, ma non succedeva piú niente. Per un certo periodo rinunciò al suo disegno, accontentandosi di quanto (e non era poco) riscuoteva fuori dall'ambito della III A, finché la schermaglia epistolare su Gombrowicz le diede una nuova e inaspettata determinazione: avrebbe sedotto Semprini, a qualsiasi costo, poi Mòttola e Riccadonna, poi quel prete mancato di Musadino, e finalmente il caso disperato, Brodo.

Il 22 luglio 2019, in occasione della quarantacinquesima cena, Rivadeneyra, il gran cerimoniere, disse tra gli antipasti e i primi che i loro incontri stavano prendendo una deriva grigia e stanca, quando al contrario il senso della loro invenzione voleva garantire alle loro vite, o almeno ai periodici incroci delle loro vite, l'effervescenza del brivido e la superiore qualità del gioco e l'intensità dell'azzardo, risultati che non si potevano conseguire senza una certa componente di cinismo, com'era sicuro che ormai tutti avessero ben chiaro, sicché proponeva, per alimentare le loro fantasie e acquisire elementi su cui tutti avrebbero potuto speculare a proprio agio, che in un breve giro ognuno rivelasse, beninteso a propria discrezione, le piú significative patologie che lo affliggevano in quel torno di tempo. La proposta venne accettata a larga maggioranza, perché in ciascuno il fastidio di doversi esporre era minore della curiosità sul conto degli altri. Cosí, in ordine orario a partire dallo stesso proponente, emerse il seguente quadro:

Rivadeneyra soffriva di calcoli renali.

Brusaglia era a rischio trombosi e a breve si sarebbe fatto operare.

La De Cruce soffriva di artrite reumatoide.

La Migliavacca era recidiva nella produzione di cisti ovariche.

Fustigati aveva valori altissimi per colesterolo, trigliceridi e glucosio.

La Sancio aveva il fegato ingrossato e problemi all'ipofisi.

A Mercandalli erano stati applicati due stent coronarici.

Piselli aveva la prostata ingrossata ma per il momento si rifiutava di farsi frugare dall'urologo.

La Mascolo soffriva di gastroenterite cronica.

Brodo, disse, aveva un principio di Parkinson.

La Gaudillo rivelò una disfunzione epatica, passando sotto silenzio le periodiche malattie veneree.

Testaviva aveva il diabete.

Brancigalievore pure aveva il diabete.

Semprini aveva la pressione altissima.

Musadino aveva un'ulcera duodenale.

Ridolfi aveva un rene solo.

Giovenzana aveva avuto un lieve infarto, due anni prima.

La Cartarini aveva una dolorosissima ernia del disco.

La Rebaudengo doveva affrontare per la terza volta un intervento di criochirurgia.

La Bathory si era fatta asportare il seno in via precauzionale, anche se nessuno se ne era accorto.

La Maldifassi dichiarò problemi ematici e angiologici, ma rimase sul vago.

Riccadonna aveva un enfisema polmonare.

Mòttola era appeso a un aneurisma dell'aorta.

Degli assenti, la Ricci soffriva di lussazione all'anca e complicazioni post-operatorie; la Letellier, per testimonianza di Brusaglia, di artrite e osteoporosi; la Coppo, a detta della sua amica Cartarini, andava soggetta a crisi epilettiche, cosa cui non tutti credettero non avendo mai assistito a una sua crisi in cinque anni di liceo; la Podesta era in clinica, ma se ne sapeva abbastanza. La Ruffolo, la Crollalanza e Mentasti erano morti. Rivadeneyra invitò a brindare ai loro mali, dopodiché, in tono faceto, si parlò di mal di denti, calo della vista e dell'udito, bruciori assortiti, cefalee, insonnie, capogiri, amnesie, macchie della pelle eccetera, insomma dei segni di cosí poco conto da non meritare un inventario ufficiale. Considerando la loro età, e l'aria schifosa che respiravano, non se la stavano cavando poi cosí male, incalzò Rivadeneyra, che si faceva un punto d'onore nel tener viva ed efficiente la macchina.

Brodo se la ghignava sotto la peluria che aveva sempre avuto al posto dei baffi, pensando alla reale natura del proprio Parkinson. L'assenza della Ricci lo sollevava, dandogli modo di incamerare un florilegio di immagini (quell'accavallamento di gambe, quella scollatura, quel tallone che saliva sopra il bordo della scarpa) da utilizzare quella stessa notte, nel suo caro lettino. Cosí, lanciando occhiate qua e là come un pescatore avrebbe lanciato una rete, Brodo colse un inequivocabile sguardo di intesa fra la Gaudillo e Semprini, sguardo poi reiterato nel corso della serata. Non poteva sapere che la Gaudillo aveva messo in pratica una nuova tecnica: non piú accalappiare la preda nel corso della riunione, ma accordarvisi preventivamente per programmare un incontro subito dopo la cena. Nel caso di Semprini le era bastato telefonargli qualche giorno prima per proporgli la vendita a prezzo stracciato di una gran quantità di fumetti già appartenuti a suo padre e da poco ritrovati in solaio: Flash Gordon, Zagor, Il Grande Blek, Cisco Kid, Diabolik, Satanik, Kriminal e altro ancora. Lí per lí Semprini tentennò, perché quei titoli non erano per lui cosí allettanti; ma quando la Gaudillo calò la carta di Krazy Kat, capitolò: nessuno poteva resistere a George Herriman. Quando lei gli aprí la porta di casa lo invitò ad aspettare in salotto, mentre andava a prendere gli scatoloni. Tornò poco dopo senza scatoloni e completamente svestita, e Semprini, prima di lasciarsi prendere, rimpianse i Krazy Kat che non avrebbe mai avuto. Piú tardi, all'alba, delusa dalla prestazione di Semprini ma compiaciuta per l'allungamento della propria serie, si disse che i prossimi sarebbero stati Mòttola e Riccadonna, perché avevano dichiarato condizioni di salute preoccupanti, tenuto anche conto dell'eufemismo cui le erano sembrati indulgere, per cui conveniva sbrigarsi. Forse era anzi il caso di non aspettare la cena del 2020, soprattutto per Mòttola, che viveva da solo in un caseggiato di via Confalonieri 10, vicinissimo dunque a casa sua. Figlio unico di un impresario edile e di una casalinga, Orfeo Mòttola aveva resistito alle pressioni del padre perché andasse a lavorare con lui, ottenendo per intercessione della madre di iscriversi a Filosofia. Quelle discussioni fra i genitori lo avevano però stremato e minato nelle sue certezze, tanto da indurlo a vivere lo studio della filosofia in termini di perdita di tempo, cioè di colpa. Rinunciò dunque alla ricerca, accontentandosi di una cattedra di materie letterarie, se cattedra si poteva considerare quel banco scheggiato, in un istituto tecnico di Baranzate di Bollate. Lí aveva avuto una breve relazione con l'insegnante di educazione fisica, poi aveva rinunciato anche a quella dimensione, implodendo gradualmente in se stesso come un cactus senz'acqua. A quarant'anni era già calvo, anche se non rinunciò mai alla tecnica del riporto. Una volta Rivadeneyra gli aveva detto che sembrava un personaggio di Gogol′, e lui non aveva capito se fosse un complimento. Insomma non un caso facile, ma proprio per questo una sfida interessante. Dopo diversi appostamenti la Gaudillo lo agganciò in via Melchiorre Gioia, combinando un caffè da lei per il giorno dopo. Scoprí presto che Mòttola non sapeva quasi niente nella materia che le interessava, anche perché, timorato com'era, non si era mai avventurato per le strade del meraviglioso mondo di Brodo, se non, sciattamente e con angoscia, fra i tredici e i quindici anni. Ma quello che scoprí poco dopo fu peggio, perché mentre dava istruzioni al suo compagno, che le gravava sopra con tutto il proprio peso, venne investita in faccia da un violento fiotto di sangue, conseguenza dell'improvvisa rottura dell'aneurismatica aorta del povero Orfeo.

Era il 10 settembre 2019, e nel giro di due giorni, prima ancora che si svolgesse il funerale nella chiesa di Santa Maria del Suffragio (corso XXII Marzo), tutti furono al corrente delle circostanze. La Gaudillo si era sempre premurata di far giurare i suoi amanti perché mantenessero il segreto sui loro intercorsi, anche se ognuno di loro sospettava di non essere l'unico. Ora si scatenò una rete di telefonate incrociate dalla quale emerse in modo incontestabile la serie collezionata dalla loro compagna, insolentita non per i suoi costumi ma in quanto causa della morte di un compagno, e, quel ch'era peggio, causa consapevole, dato il recente giro di confessioni patologiche. Naturalmente non mancarono le voci secondo le quali la Gaudillo aveva scelto quel sistema per far fuori uno ad uno tutti i maschi della III A, in modo da raddoppiare le probabilità di vittoria, cosa che avrebbe dovuto indurre le femmine a solidarizzare con lei, anche se molte lo pensarono ma nessuna lo ammise. Fra quest'ultime chi cullò i pensieri piú neri fu

Elisabetta Bathory, discendente in via diretta da Erzsébet Báthory, l'efferata contessa che sul finire del Cinquecento si rese tristemente famosa per i bagni di sangue ottenuti mutilando e squartando le sue ancelle e le contadine dei villaggi vicini. Pallidissima, i capelli nerissimi che le scendevano lisci sulle spalle divisi da una scriminatura centrale, alta e magra, vestita sempre di nero, la Bathory sembrava recitare in un film gotico senza un briciolo di ironia. Chi aveva provato a celiare con lei era stato gelato da un'occhiata che esprimeva in egual misura disprezzo e indifferenza. Al liceo metteva soggezione anche ai professori, ed è inutile dire che per lei e su di lei la fantasia di Brodo dava vita a estenuanti scene di dominazione e sottomissione, dopo le quali il crampo alla mano permaneva piú a lungo del solito. Su queste basi, al momento di avviare la macchina, piú di uno era scettico sulla sua partecipazione, che invece fu graziosamente concessa in virtú di quel tanto di sadico che la cosa implicava. Alle cene, quando non era assente, rimaneva comunque in silenzio, mangiava poco e andava via prima degli altri. Quando fu il momento, rivelò la propria mastectomia senza alcun imbarazzo, anzi con l'ombra di un sorriso, come se stesse rievocando le amputazioni inflitte dalla sua ava alle malcapitate. E ancora una volta Brodo, fantasticando di tette protesiche avvitabili e svitabili a piacimento, sentí partire la mano.

Quello che nessuno poteva prevedere, nemmeno la Bathory, era che alla cena del 22 luglio 2020 non sarebbero stati in ventisei, contando anche gli assenti giustificati, ma in venticinque, perché i problemi angiologici genericamente allusi da Benedetta Maldifassi consistevano in un aneurisma cerebrale, che causò lo scoppio di un'arteria e la morte immediata. La data, il 13 maggio 2020, il luogo, un appartamento di via Vasari 29, le esequie, nella chiesa dei Santi Silvestro e Martino in viale Lazio. I due aneurismi cosí ravvicinati, benché diversamente localizzati, impressionarono profondamente i compagni, cui il fato sembrò esageratamente accanito e consapevole. Piú prevedibile, per motivi statistici, sarebbe stato l'insorgere di tumori, che notoriamente imperversa passata la cinquantina per diradarsi dopo i settanta. In ogni caso il ventennio pericoloso era quello in cui si trovavano da circa quindici anni, tanto che piú d'uno si stupí che di tutte le patologie denunciate il 22 luglio 2019 proprio quel tipo di male fosse assente. La verità è che ce n'erano tre casi piuttosto avanzati, due taciuti per scaramanzia, nella speranza che meno se ne parlasse meglio potessero andare le cose, e uno all'insaputa dell'interessato, che non si sottoponeva mai ad alcun esame convinto che si trova solo quello che si cerca, dunque meglio non cercare e non sapere. Si trattava, nell'ordine, di Manlio Giovenzana, di Susanna Cartarini, e di Giulio Fustigati, deceduti rispettivamente il 3 ottobre 2020, il 30 aprile 2021 e il 19 dicembre 2022, con esequie particolarmente affollate nelle chiese di Santa Francesca Romana (via Cadamosto), nella cappella dell'Ospedale Niguarda e nella cosiddetta «chiesa vecchia» del Policlinico, con accesso da via Francesco Sforza. In nessuno dei tre casi il funerale poté partire dall'abitazione, che era in via San Gregorio 30 per Giovenzana, in via Imbonati 7 per la Cartarini, in via Spartaco 33 per Fustigati. La cena del 22 luglio 2023 annoverò dunque ventidue superstiti, cifra che si mantenne invariata l'anno successivo, quello del cinquantennale. Ma un anno di tregua non poteva bastare a fugare l'angoscia prodotta in loro da quei tre decessi analoghi e consecutivi, anche perché Giovenzana e Fustigati erano benvoluti da tutti, e la Cartarini aveva da poco avuto una nipotina che strillò ininterrottamente per tutto il funerale straziando i cuori dei presenti, soprattutto quello della sua inseparabile amica Ilaria Coppo che si aggrappò alla bara urlando di voler morire anche lei.

La sera del 22 luglio 2024, prendendo come al solito la parola, Rivadeneyra osservò che otto morti in mezzo secolo potevano considerarsi un tributo accettabile, anche se la De Cruce lo interruppe dicendo che quello era stato il mezzo secolo buono, e che adesso incominciava quello cattivo. Tutti sorrisero (tranne la Bathory), pur sapendo che la loro compagna aveva enunciato la cruda verità. Non si poteva dire quanti, ma certamente gli anni che li aspettavano sarebbero stati cattivi. Rivadeneyra cercò di rivoltare la frittata facendo presente che invece il bello incominciava proprio allora, quando la macchina sarebbe entrata nella sua fase decisiva e il loro tesoro (lo quantificò, una cifra sbalorditiva) sarebbe stato sempre piú reale, sempre piú vicino, sempre piú alla portata dei piú forti, dei piú sani, dei piú risoluti, come un premio alla vita, che (ammise) dovrebbe essere premio a se stessa, ma da vecchi, insomma, quando si è perso quasi tutto, un riconoscimento non guasta, anche perché, aggiunse con gravità, non contava tanto il premio, che comunque i vincitori avrebbero goduto per poco tempo, ma la sua aspettativa, avere qualcosa per cui vivere, combattere, qualcosa da sognare, qualcosa che poteva farli ritornare bambini, a monte della Maturità, alle elementari, all'asilo! Nonostante la sua eloquenza, tuttavia, non sfuggiva a nessuno un diffuso senso di malessere. Presero la parola in molti, quella sera, e a un certo punto fu chiaro che si stava formando un partito contrario alla riffa, un partito guidato dalla Migliavacca, dalla De Cruce e da Mercandalli; la Podesta, assente, era con loro, garantiva la Migliavacca. La proposta degli scissionisti, come vennero chiamati, era radicale: interrompere il gioco, e dividere per ventidue la somma fin lí accumulata, o piú generosamente per trenta, coinvolgendo le famiglie degli otto morti; in alternativa, riconsiderare l'antica idea di devolvere i tre premi finali in beneficenza. Entrambe le soluzioni, piano A e piano B, vennero bocciate a maggioranza, perché a favore, oltre ai proponenti, votarono solo la Coppo, cui faceva orrore l'idea di arricchirsi a spese della sua cara amica, e la Gaudillo, desiderosa di mostrarsi disinteressata dopo il mai sopito clamore del caso Mòttola; Musadino e la Letellier, con scelta discutibile, si astennero.

Nella fattispecie Carlo Musadino si astenne gesuiticamente perché, pur anelando alla vittoria e approvando di fatto il meccanismo della competizione, non voleva sentirsi troppo in colpa, e preferiva fare la figura dell'imbelle piuttosto che ratificare formalmente la propria complicità. Non per altro i compagni lo consideravano da tempo un prete mancato, meno per la sua fede che per i suoi modi melliflui e consolatorii, tipici (pensavano in base ai romanzi) di un parroco di campagna: anzi quasi riuscivano a vederlo, in bicicletta su una stradina fangosa, di casale in casale a portare una buona parola. Non era diventato prete ma con i preti lavorava come spedizioniere di pacchi per la Caritas, sicché i piú ingenui fra i suoi ex compagni di classe non dubitavano che una sua eventuale vittoria sarebbe andata a beneficio dei poveretti sparsi per il mondo: e lui li lasciava credere. Si capisce anche perché un tipo come Musadino costituisse una sfida se non una provocazione per la Gaudillo, che tuttavia dopo la morte di Mòttola si era presa qualche anno di pausa. Ora sentiva però che era venuto il momento di completare la serie, e poiché non si azzardava a ricominciare da un altro soggetto a rischio come Riccadonna, trovò conveniente principiare appunto da Musadino. A Brodo non pensò nemmeno, forse perché il suo istinto di predatrice le suggeriva l'idea di un'inscalfibile autosufficienza. Pur preparato con la solita abilità, l'agguato ebbe un esito disastroso. Di fronte alla nudità della sua compagna Musadino si mise a strillare dicendole che se lei non l'avesse lasciato andare l'avrebbe denunciata a tutti gli altri, minaccia cui lei rispose che sarebbe stata lei a denunciare lui per averla aggredita, con l'onta aggiuntiva della descrizione di un apparato microscopico. Ansanti, sconvolti, decisero di finirla lí, vincolandosi entrambi al silenzio: ma ne uscí meglio lui, perché piú tardi quella notte, nella sua stanzetta ricavata nel capannone della Caritas di via dei Missaglia, indulse dopo oltre mezzo secolo alla prassi in cui Brodo era maestro, sottomettendosi con la mente a ogni piú torbido capriccio di chi aveva attentato alla sua virtú.

Di tutt'altra natura gli incontri clandestini della Sancio e di Mercandalli. Nell'impossibilità di appianare il debito che aveva con Rivadeneyra, inflessibile nell'applicare interessi progressivamente piú alti a beneficio del montepremi, la Sancio mise da parte l'orgoglio e chiese aiuto a Mercandalli, la cui ricchezza era nota a tutti. L'architetto non la deluse, mettendola in condizione di estinguere il debito in pochi mesi, per il disappunto di chi aveva prestato non per lucro, visto che il guadagno sarebbe confluito nel montepremi della riffa, ma per mero esercizio del potere per il potere, una passione che di lombo in lombo si era filtrata in lui da una lunga successione di uomini di Corte e di Stato. L'eterogenesi dei fini volle però che da cosa nascesse cosa, e che la Sancio, non sapendo come ringraziare il suo salvatore, si abbandonasse a poco a poco all'idea di concedergliisi come un'offerta sacrificale, prima con imbarazzo, poi con trepidazione, infine con un entusiasmo che aveva del mistico. In questo modo, con mezzo secolo di ritardo, entrò nella parte che senza alcun fondamento i compagni avevano inventato per lei, e per una volta, una sola, diventò una seduttrice. Mercandalli, che veniva a Milano ogni settimana per lavoro, la ricevette nella *suite* che occupava regolarmente all'Hotel Principe di Savoia in piazza della Repubblica 17, dove trascorse una notte interessante senza aver mai un pensiero per la moglie e le biondissime figlie, cosa che si era ripromesso di fare solo a partire dalla mattina seguente davanti alla prima colazione. Quanto alla Sancio, che aveva lavorato tutta la vita alle Poste prima in via Santa Sofia e poi nella sede centrale di piazza Cordusio, ebbe ampio modo di pentirsi per non aver mai approfittato degli incontri ravvicinati con cosí tanti esponenti del sesso maschile.

La sera del 18 giugno 2025 accadde un fatto incredibile. Lucio Brusaglia recitava con grande successo di critica e di pubblico nel *Signor Puntila e il suo servo Matti*, in cartellone al teatro Morlacchi di Perugia. Carolina Letellier viveva da sola nel casale di San Martino in Colle, che insieme avevano acquistato e ristrutturato trent'anni prima: lí si dedicava alla rosicultura, creando nuovi incroci che avevano ottenuto importanti premi, e organizzando feste con le amiche, perlopiú inglesi e americane che avevano scelto di colonizzare quella regione. Il 18 giugno era prevista una festa speciale, perché quel giorno cadeva il suo settantesimo compleanno. Visto che San Martino in Colle dista da Perugia poco piú di un quarto d'ora di macchina, Brusaglia pensò di fare una sorpresa presentandosi lí dopo lo spettacolo, che terminava alle 23. A sua volta la Letellier pensò anche lei di fargli una sorpresa, facendosi trovare davanti al teatro alla fine dello spettacolo per portarlo alla festa e presentarlo alle sue nuove amiche. Cosí pensarono e cosí fecero. Quella notte diluviava e la visibilità era ridotta. Impazienti di ritrovarsi, i due ex fidanzati guidavano spediti lungo la statale 317 sulle note di due canzoni pericolose: *Don't Stop Me Now* dei Queen, lui, e *Child in Time* dei Deep Purple, lei. Esattamente a metà percorso, accecati dagli abbaglianti che entrambi avevano acceso per vedere meglio una curva, fecero un frontale che li uccise sul colpo. Le esequie si svolsero contemporaneamente presso la chiesa di Santa Maria al Paradiso (corso di Porta Vigentina) per lui, e per lei nella chiesetta di San Martino in Colle, dove con la scusa dell'altro funerale non si presentò nessuno della III A, se si esclude la presenza simbolica rappresentata da una corona di fiori a nome di tutti.

Cosí, alla cena del 22 luglio 2025, erano in venti, di fatto undici per via di nove assenze giustificate. Dalla prima cena, non si erano mai trovati cosí in pochi, situazione che li fece sentire sgradevolmente vicini al *redde rationem*.

Dei nove assenti alcuni avevano problemi di salute, alcuni non se la sentivano di rivedersi cosí presto dopo essersi visti al funerale di Brusaglia (22 giugno), ma altri, per testimonianza di chi li aveva sentiti, si stavano convincendo che quelle cene portassero male: non il gioco, *le cene*. Si trattava, per la precisione, della Coppo, di Musadino, e della Rebaudengo, anime pavide, disse Rivadeneyra, diffidate fin da quel momento dal non presentarsi alla cena del 2026. Devastata dalla morte di Susanna Cartarini, e scombussolato dalla visione della rossiccia *ianua diaboli* della Gaudillo, la Coppo e Musadino erano i soggetti naturalmente piú indicati per alimentare quella fobia, ma per Isotta Rebaudengo fu decisivo il frontale in Umbria, anzi la sua spettacolare simmetria, che convertí la sua superstiziosa paura, istericamente, in smania di agire. Impiegata alla Banca Popolare di Bergamo (filiale 22, corso Italia, poi assorbita in UBI Banca, a sua volta assorbita in Banca Intesa - Sanpaolo), e recentemente andata in pensione, la Rebaudengo, vedova da tre anni, aveva due figli che alla rispettiva età di trentasei e trentatre anni non avevano ancora trovato un lavoro, e che a spese sue vivevano per una sola ed esclusiva passione. Per questo, informati a suo tempo della riffa, la assillavano per sapere a che punto fosse la cosa, impazienti di mettere le mani su un tesoro destinato, nella loro piccola immaginazione, all'acquisto di playstation sempre piú sofisticate. Addirittura il minore non si peritò di chiederle gli indirizzi dei vecchietti superstiti per incominciare a farne fuori qualcuno, idea buttata lí per gioco ma fomite di almanaccamenti in tutti e tre i membri della famigliola, fino a quando il caso non diede una spinta. Abitando in via Bullona (civico 3), la Rebaudengo era una *habituée* del mercato di via Fauché. Come ogni sabato mattina, anche quella volta (15 novembre 2025) arrivò fra i banchi tirandosi dietro il grosso carrello per la spesa; ma poiché fra le altre cose intendeva acquistare un sacco di patate da 10 kg, aveva pensato bene di portarsi dietro quello scioperato di Christian, il suo secondogenito. Giunta alla convergenza di via Fauché con una via privata intitolata a Franz Koristka (1851-1933), imprenditore boemo fondatore a Milano di una fabbrica di microscopi, non credette ai propri occhi, perché lí all'angolo, in procinto di entrare nella sala giochi «Red Bingo», c'era un vecchio balordo coi capelli lunghi che altri non era se non Sauro Testaviva, il ludòpate, colui che negli anni d'oro aveva frequentato l'ippodromo di San Siro e che a poco a poco, inesorabilmente, era scivolato nel sottomondo delle sale giochi, dove sperperava l'eredità dei suoi genitori scommettendo sempre sui cavalli ma anche sul calcio, con una predilezione per la *Premier League* che lo portò a conoscere a memoria le formazioni di tutte le squadre inglesi. Giocava e perdeva anche con le *slot machines*, e proprio mentre armeggiava con la leva di una macchina, una di quelle vecchie con i fruttini, fu avvicinato da Christian, inviato dalla madre in esplorazione. Dopo averlo ritualmente epitetato come «nonno», il giovane gli spifferò che quelle macchine erano truccate per non far vincere mai nessuno, e che se voleva avere delle possibilità doveva seguirlo in un posto manzo che conosceva lui. Forse intendeva ganzo, obiettò Testaviva, cui l'altro, con vanto giovanilistico non poco grottesco, replicò che la lezione manzo era quella giusta, in merito invitandolo ad andare tranzollo; dopodiché si avviò all'uscita voltandosi sulla porta per vedere se il vecchio lo seguiva. Lo seguí, avvolto nel suo impermeabile lercio, i capelli svolazzanti al vento, ingobbito ma felice, sí, per una volta, dopo tempo immemorabile, era un uomo felice. Seguí la sua guida con la fiducia di un bambino, prima lungo via Losanna poi, oltrepassato corso Sempione, lungo via Arona, fino a giungere (non senza un principio di inquietudine, poiché si stava allontanando troppo dal suo seminterrato di via Mac Mahon 24) al velodromo Vigorelli. Lí, lungo il circuito dell'impianto, si aprivano o meglio si chiudevano delle porte di ferro, che conducevano ai bagni e ai locali di servizio. La serratura di queste porte era stata scassinata da tempo, e sostituita da un accrocco di fil di ferro che i drogati e i puttanieri della zona scioglievano e ricomponevano a loro voglia. Lí dentro, al cospetto di un centinaio di disegni osceni e numeri di telefono, si concluse la vita di Sauro Testaviva detto Testa, accoltellato sette volte da Christian Ragusa. Indicandogli il suo antico compagno di classe la madre non immaginava certo uno sviluppo dei fatti cosí immediato, anche perché lo sviluppo comprese, quella sera stessa, l'arresto del figlio, ritratto da una telecamera e prontamente identificato per via dei suoi precedenti penali in qualità di ultras della società di calcio FC Internazionale. Agli occhi dei compagni la Rebaudengo però la passò liscia, perché nei giornali e telegiornali l'assassino risultava con il cognome del padre.

Al funerale di Testaviva (chiesa dei Santi Angeli Custodi, via Colletta) si presentarono al gran completo, con la sola eccezione della Podesta. In quell'occasione la Ricci non mancò di fissare Brodo con insistenza, sia che dopo la morte di Mentasti sospettasse che Brodo fosse in qualche modo coinvolto anche in questo episodio, sia che volesse invitarlo a completare l'opera eliminando un terzo scommettitore, Piselli, che nessuno le toglieva dalla testa aver commissionato insieme ai suoi compari l'incidente che tanto l'aveva menomata, e che in ogni caso aveva fatto parte della banda da cui lui, Brodo, era stato vessato per anni. Arricchitosi rapidamente con le scommesse e con il riciclaggio di denaro sporco, Raimondo Piselli era passato dal negozio di idrosanitari a un autosalone in viale Sarca (civici 230 a-230 b), e pur avendo compiuto settant'anni non voleva saperne di andare in pensione. Al contrario aveva da poco ampliato il salone, coinvolgendo come socio di minoranza Massimo Ridolfi, uno dei membri piú scialbi della III A, anche lui gravitante in zona Corvetto (via Val Passiria 2). Concessionario Rover, BMW e Porsche, Piselli era ossessionato dal lusso, nel suo lessico abusava dell'aggettivo «prestigioso» senza conoscerne l'etimo sinistro, collezionava orologi Rolex e vini da migliaia di euro a bottiglia, presenziava ad eventi sportivi a Dubai o Abu Dhabi, accedeva ai box della Ferrari come a casa sua, insomma era uno cui le scommesse avevano veramente detto bene. Il suo sogno era ottenere l'esclusiva per la Lombardia della Lamborghini e della Maserati, ma per questo doveva fare ancora un po' di strada: per esempio, vincere alla riffa della morte. «Cià cià», bofonchiava ogni tanto fra sé e sé, «ch'el moja un quaivün che l'è temp»: perché aveva anche il vezzo di intercalare qualche parola in milanese, tanto che i suoi impiegati lo chiamavano il Ciumbia. Non sorprende, quindi, che un essere simile fosse in cima alle antipatie per non dire alle esecrazioni di Brodo, a prescindere dal lancio dei dadi Knorr: lancio che si perdeva ormai nella notte dei tempi, tanto che lo stesso Brodo non avrebbe saputo dire se non si trattasse invece dei dadi Star o addirittura dei Maggi (i Liebig no, perché avevano un'altra forma). Né sorprende, ancora, che l'insistenza degli sguardi della Ricci, in occasione di quell'ultimo funerale, venisse interpretata come un invito all'azione. Tanto piú... Tanto piú che qualche mese dopo si venne a sapere che la Ricci si era dovuta sottoporre a una nuova operazione all'anca, operazione malriuscita che l'aveva costretta, si sperava temporaneamente, alla sedia a rotelle. Nella fantasia di Brodo le cromature di quella carrozzella diventarono parte erotica del già erotico corpo dell'inferma, sulla cui immagine si sovrapponeva ormai automaticamente quella di Catherine Deneuve, la Tristana di Buñuel. Dunque questo immaginava Brodo, la Ricci che impartiva ordini dal suo trono semovente, la Bathory fasciata di latex nero che agitava la frusta, lui a quattro zampe con una grossa catena al collo, in una scena che giorno dopo giorno, notte dopo notte veniva replicata con varianti ora minime ora piú significative, fino alla perdita del braccio destro.

Si rinnovò cosí la stagione delle macumbe: automobiline (rigorosamente Rover, BMW o Porsche) che Brodo faceva cadere da grandi altezze, o sbattere frontalmente tra di loro, o incendiava dopo averle innaffiate di alcol, o gettava nelle acque dell'Idroscalo. Eppure Piselli non moriva. Nelle automobiline vennero dunque inseriti degli omini fatti con la mollica, oppure gli omini erano straziati fuori dai loro veicoli, tutto fu provato, ma Piselli non moriva. Poi una sera, frugando tra le cose di sua madre, deceduta due anni prima, Brodo trovò delle lettere in cui si parlava di un lontano cugino, un malavitoso finito in carcere a Opera. Una settimana dopo andò a trovarlo, e nel corso del colloquio, a mezze frasi e a sottintesi, gli espose il suo problema. Il recluso gli fece capire che era solo questione di soldi, e quando Brodo gli disse fino a quanto era disposto a pagare, l'affare si concluse con soddisfazione di ambo le parti. Dieci giorni dopo, un attimo prima dell'orario di chiusura, una bomba ad alto potenziale fece saltare in aria l'autosalone di viale Sarca. Fra il metallo fuso delle prestigiose vetture vennero trovati senza vita i corpi di Piselli Raimondo e di Ridolfi Massimo. Era il primo di luglio del 2026, e mancavano solo tre settimane alla cena numero 52. I funerali si svolsero in forma privata, senza che a nessun membro della III A venissero comunicati né il luogo né l'ora.

Il 22 luglio 2026 Rivadeneyra, espletate le comunicazioni finanziarie, propose di aggiornare i dati sulle loro condizioni di salute, essendo passati sette anni dalla prima e ultima volta in cui l'avevano fatto. Questo, in ordine alfabetico, il quadro risultante:

Bathory: mastectomia.

Brancigalievore: diabete; prostatite.

Brodo: Parkinson.

Coppo: epilessia.

De Cruce: artrite reumatoide; isterectomia.

Gaudillo: disfunzione epatica; flebite; safenectomia.

Mascolo: gastroenterite cronica; asportazione di un linfonodo.

Mercandalli: due stent coronarici e un by-pass.

Migliavacca: ovaio policistico; acufene.

Musadino: ulcera duodenale; ulcera gastrica.

Podesta (assente; testimonianza Migliavacca): depressione acuta; autolesionismo; tentativi di suicidio.

Rebaudengo: flebite; episodi di trombosi.

Riccadonna: enfisema polmonare; fibrosi.

Ricci (assente; testimonianza De Cruce): lussazione all'anca e complicazioni post-operatorie.

Rivadeneyra: calcoli renali; osteoporosi; artrite.

Sancio: fegato ingrossato e problemi all'ipofisi; sciatalgia.

Semprini: pressione altissima; un principio di infarto.

Redatto l'elenco su un cartoncino (che fece il giro della tavola passando di mano in mano), ognuno confrontò la propria situazione con quella degli altri: non c'era molto di cui consolarsi, ma, certo, dall'altra parte, nell'elenco non scritto, c'erano tredici morti, ancora due e la III A si sarebbe dimezzata, e il peggio doveva ancora venire. In fondo a quel peggio c'era un premio, ma a quel punto, sarebbe importato qualcosa? Quanto erano stati superficiali ed ingenui! Concepire quella gara mostruosa quando il premio era già in loro, con loro, ed era la giovinezza, semplicemente. Ma al punto in cui erano arrivati non potevano tornare indietro, non potevano nemmeno fermarsi: dovevano andare avanti, fino a quando non fossero rimasti in tre, e adesso lo volevano, rimanere in tre, lo volevano disperatamente, anche Mercandalli, lo volevano perché in quella partita si giocavano tutte le loro carte, tutte le loro *fiches*. Ma la Coppo non lo voleva, perché il 15 agosto di quello stesso anno, nella città semivuota, si gettò dall'ottavo piano di casa sua, in viale Premuda 95. Erano passati quarant'anni dal suicidio di Marta Ruffolo. I famigliari comunicarono la notizia a esequie avvenute.

Nel corso di quell'estate Semprini decise di scrivere un libro su Gene Hackman. Il grandissimo attore, di gran lunga il suo preferito, era morto intorno al 18 febbraio dell'anno precedente, in circostanze non del tutto chiare. Quella morte lo aveva gettato in un lutto profondo e tenace, come se a morire fosse stato il cinema, la sua grande passione insieme ai fumetti. Dopo un lungo periodo in cui, programmaticamente, Semprini non volle vedere alcun film, aveva dato inizio a un'opera di celebrazione e di culto, ripassandosi in ordine cronologico tutti i film di Gene Hackman presenti nella sua collezione. Questa collezione, formata da 6500 dvd e qualche centinaio di vhs, era organizzata in modo rigorosissimo per non dire maniacale, secondo un criterio non alfabetico (bestemmia!) né di genere, ma cronologico-registico, nel senso che i blocchi corrispondenti ai singoli registi si succedevano in base alla data del loro primo film (cui gli altri seguivano come la scia di una cometa): primo film, era inteso, non in assoluto ma fra quelli posseduti, sí che l'acquisizione di un nuovo titolo, se anteriore al primo di un dato regista, imponeva ogni volta laboriosi slittamenti a retroscalare. I dvd con Gene Hackman erano dunque disseminati qua e là in base al regista e alla data: provando l'emozione di ricomporre una vita, Semprini li aveva tolti dalla loro posizione per formare un blocco a sé stante (piú che un blocco, un altare) intitolato al suo attore. Dalle sue ricerche gli risultavano, sicuramente per difetto, settantatre titoli: di questi ne possedeva sessantuno, i piú importanti, che rivide tutti, alcuni per la quinta o sesta volta, rispettando la cronologia. Nel frattempo si procurò i titoli che gli mancavano. Rivide dunque pellicole in cui Hackman aveva parti secondarie

Gangster contro gangster, regia di Burt Balaban, 1961
Lilith, regia di Robert Rossen, 1964
Hawaii, regia di George Roy Hill, 1966
Non c'è posto per i vigliacchi, regia di Christian Nyby, 1967

L'uomo che uccise il suo carnefice, regia di Lamont Johnson, 1967
I sei della grande rapina, regia di Gordon Flemyng, 1968
Gli spericolati, regia di Michael Ritchie, 1969

e parti principali

Gangster Story, regia di Arthur Penn, 1967
I temerari, regia di John Frankenheimer, 1969
Abbandonati nello spazio, regia di John Sturges, 1969
La rivolta, regia di Buzz Kulik, 1969
Anello di sangue, regia di Gilbert Cates, 1970
Il giorno dei lunghi fucili, regia di Don Medford, 1971

per arrivare finalmente alla sua consacrazione con *Il braccio violento della legge*, regia di William Friedkin, 1971. Poi, dopo *Per 100 chili di droga*, regia di Bill L. Norton, 1971, e *Arma da taglio*, regia di Michael Ritchie, 1972, due film che ogni volta lo commuovevano fino alle lacrime: *L'avventura del Poseidon*, regia di Ronald Neame, 1972, e *Lo spaventapasseri*, regia di Jerry Schatzberg, 1973, dopodiché la cronologia gli portava in dono *La conversazione*, regia di Francis Ford Coppola, 1974. *La conversazione*, in effetti, era un capolavoro. Lí Hackman era gigantesco: sí, lo sapeva che quell'uso lessicale era un luogo comune, ma non c'erano sinonimi adeguati, forse immenso.

Nel suo appartamento in viale Tibaldi 81 Anna Mascolo rifletteva sullo stato di salute dei suoi compagni. Stando all'ultimo aggiornamento quelli messi peggio di lei, in termini non di qualità della vita ma di mera aspettativa, erano almeno tre: la De Cruce, cui era stato asportato l'utero, Mercandalli con il suo cuore malato, e Musadino con le sue devastanti somatizzazioni. Poi veniva lei, le scocciava ammetterlo ma era cosí, in una fascia che comprendeva anche Riccadonna e Semprini; quindi in ordine sparso tutti gli altri, nell'impossibilità di misurare la gravità delle loro patologie: Branci ad esempio, quant'era grossa la sua prostata? La Sancio, quanto il suo fegato? Mistero. E Brodo, col suo Parkinson? Poteva vivere fino a cent'anni, tremebondo ma vivo. Anche la Ricci, sempre piú storpia, inchiodata alla sua carrozzella, ma viva. E la Podesta, perché non la faceva finita? Alla fine li avrebbe fregati tutti, come in una commedia nera. E la Bathory, quell'essere imperscrutabile? Perché si era fatta togliere il seno, per via di un rischio effettivo o per fanatismo profilattico? Piú tardi, dopo qualche bicchiere di gin liscio, l'arredatrice di interni risalí col pensiero ai giorni lontani in cui era stata concepita la riffa, persuadendosi di avere avuto un ruolo decisivo: anzi, forse la primissima idea era venuta proprio a lei, non poteva stabilirlo con sicurezza ma nemmeno escluderlo, in tal caso le si dovevano riconoscere dei meriti, qualcosa come un bonus anche perché la sua vita era stata abbastanza squallida, per non dire schifosa, una vita fallimentare sotto tutti i profili, a partire dal grande amore che non aveva mai trovato e dai figli che non aveva mai avuto per arrivare a quel lavoro meschino, lei che aveva sognato di calcare le orme di Frank Lloyd Wright o di Le Corbusier, lei che aveva studiato con Zanuso e con Gae Aulenti, lei che ancora non aveva deciso se prendersela con un destino ingiusto o far tornare i conti ammettendo una volta per tutte la propria assoluta mancanza di talento.

Piú o meno nello stesso momento, a trecento km di distanza da viale Tibaldi, nella villa da lui stesso progettata nei pressi di Vevey sul lago Lemano, l'architetto Raniero Mercandalli pensava ai propri compagni della III A con un senso di perplessità. Di fatto, non sapeva se nei loro confronti prevalesse l'affetto o il fastidio. L'affetto era una conseguenza naturale della consuetudine, ma a ben vedere, tolto il momento della cena, una volta all'anno, la complicità era tutta concentrata negli anni del liceo, come qualcosa di radioattivo che continuava a rilasciare nel tempo (e sempre meno col passare degli anni) un po' dell'energia originaria. Ma perché rimanere fedeli a quell'energia, se era ormai poco piú che un ricordo, qualcosa da tematizzare, da commentare, da citare, ma non piú da vivere? Di che affetto si trattava, dunque? Di nostalgia, prevalentemente, ma allora sarebbe stato piú corretto parlare di auto-affetto, di pulsione regressiva, di un sogno in cui la presenza e il contributo dei suoi compagni erano del tutto casuali... Quanto al fastidio, vi concorrevano almeno due fattori: il primo era legato all'incapacità di accettare un invecchiamento che l'aspetto stesso dei compagni gli ricordava spietatamente: nessuna illusione, quando ti rispecchiavi nella loro canizie, nelle loro rughe, nelle loro gobbe. Il secondo era legato alla riffa, che come un reagente chimico aveva svelato nei piú una spudorata avidità. Si chiese se il proprio disinteresse, la propria altitudine fossero essenziali o dipendessero dalle gratificazioni ottenute fino a quel momento. Era felicemente sposato, aveva due figlie bellissime, due nipotini che lo divertivano con le loro facce buffe, un lavoro che lo appassionava e che lo aveva ampiamente rimeritato (sul tavolino di cristallo, lí nella grande sala a vetrate con vista sul lago, due segnalibri verdini indicavano il punto in cui «Domus» e «Abitare» si dedicavano a Casa Mercandalli), era ricco, molto ricco, e per questo poteva permettersi il lusso di non ambire alla vittoria finale, come se i suoi compagni fossero dei pezzenti e lui un gran signore. Ma poiché la vincita era legata alla durata della vita, e lui alla vita era attaccatissimo proprio perché era una vita di qualità eccelsa, ecco che vincere non era poi cosí sconveniente e volgare, perché significava vivere piú a lungo, vivere *ancora un po'*.

Forse per telepatia, forse per caso, nel suo studio di via Podgora 6 anche Riccadonna stava ruminando sulla faccenda della riffa, che gli stava a cuore piú di quanto avesse mai dato a vedere. Laureato in Giurisprudenza, dopo un esame di Stato affrontato per ben cinque volte fino a quella buona e un lungo tirocinio, si era avviato a un'oscura carriera di avvocato civilista specializzato in divorzi: oscura ma redditizia, soprattutto per via di una pressoché sistematica violazione della deontologia professionale. Si era infatti messo in società (una società naturalmente invisibile) con il titolare di un'agenzia di spionaggio, cui affidava il compito di pedinare i coniugi dei propri ignari clienti per costringerli poi, ci fosse stato di che, a firmare rovinose capitolazioni oltre che a versare a lui e al suo socio un tacitativo *una tantum*. E quando l'ombra del divorzio si stese sopra la sua stessa vita, Riccadonna sottopose la moglie al medesimo trattamento, acquisendo elementi di cui in seguito si valse per ottenere tempi e modi di affidamento del figlioletto a lui congeniali. Perfezionata negli anni, tanta infingardaggine divenne alla fine una seconda natura, che indusse l'avvocato a spingersi là dov'era inevitabile che si spingesse, vale a dire all'idea di ricattare i suoi compagni di classe per invogliarli, qualora si fosse scoperto qualcosa di veramente vergognoso sul loro conto, a un onorevole suicidio: tanto, avevano già chi settantuno chi settantadue chi settantatre anni, per cui non avrebbero perso molto. I pedinamenti erano incominciati in via sperimentale nel 2023, ed erano diventati sistematici fra il 2024 e il 2025. Non era venuto fuori niente, finché Domenico D'Aniello, il segugio, scoprí che Isotta Rebaudengo si recava con una certa regolarità al carcere di San Vittore negli orari di visita. Con la complicità di un secondino, corrotto da tempo, D'Aniello appurò che quelle visite riguardavano tale Christian Ragusa, figlio della Rebaudengo nonché assassino di tale Sauro Testaviva: gli diceva qualcosa, disse D'Aniello a Riccadonna, gli diceva qualcosa quel nome? All'anima se gli diceva! Era fatta! Assassinio su commissione, con l'aggravante della premeditazione: Isotta Rebaudengo era una donna morta. La gioia di Riccadonna divenne euforia quando D'Aniello, una settimana dopo, gli diede un'altra informazione. Risultava che Luca Brodo avesse fatto una capatina nel carcere di Opera, dove, secondo una voce bene informata, avrebbe conferito con tale Carmine Magliano, pluripregiudicato in affari con la mafia cinese, in particolare con la famiglia di Chao-Lin, in prima fila nel *racket* degli autolavaggi e degli autosaloni. La parola «autosalone» fece fare un salto a Riccadonna, nella cui mente era bene impressa la tragica fine di Piselli e di Ridolfi, sicché nei suoi piani Brodo venne a fare compagnia alla Rebaudengo. Ordinò a D'Aniello di sospendere ogni altra ricerca per concentrarsi esclusivamente su quei due onde acquisire le prove con cui inchiodarli: lavorasse dunque con cimici, teleobiettivi e microfoni direzionali come sapeva fare: non per altro, lo lusingò, la sua agenzia si chiamava «Marlowe Investigazioni».

Per uno scherzo del destino, Brodo e Riccadonna erano associati l'uno all'altro, ma ben diversamente, anche nella testa di un'altra persona. Questa persona era Immacolata Gaudillo, cui non andava giú di essersi fermata a quota dodici. Il tredicesimo, Musadino, si era sottratto, ma lei poteva consolarsi dicendo di averci provato e che insomma il deficit era tutto a carico di quello scimunito. Le mancavano però, appunto, Brodo e Riccadonna, che non per il fatto di aver superato la settantina, lei e loro, potevano mancare alla sua collezione. Ora, su Brodo aveva sempre nutrito dei dubbi, con quei continui crampi alla mano destra che qualcosa pur dovevano significare; quanto all'avvocato, si disse, si era lasciata troppo impressionare dal precedente di Mòttola, per cui enfisema o non enfisema stabilí che fosse venuto il suo turno. Decise di sedurlo in occasione della cena del 22 luglio 2027, poi quella prospettiva le mise un'ansia insopportabile, e forzò i tempi. Contattò Riccadonna con un pretesto, se lo lavorò (o meglio credette di farlo), lo invitò nel suo appartamento di via Sassetti, e dopo una cena simbolica gli fece intravedere con aria maliziosa una pillola romboidale di colore azzurro, coadiuvante non offensivo considerata l'età degli attori. Riccadonna, che aveva accettato l'invito solo nella speranza di fiutare qualcosa di utile, approfittò doppiamente dell'occasione, nel senso che prima ingollò la pillola, e piú tardi, espletata l'opera, chiese con tono indifferente se anche a Mòttola era stato offerto lo stesso espediente. Senza pensarci su la Gaudillo rispose affermativamente, al che Riccadonna, rivestitosi, le fece ascoltare la registrazione di quel brano di conversazione, da cui risultava che la morte di Mòttola non poteva piú considerarsi casuale, dato che somministrare un vasodilatatore a un cardiopatico con conclamato aneurisma aortico equivaleva a un omicidio. A lei la scelta: o togliersi di mezzo con eleganza, o pagare una cifra che, Riccadonna non ne dubitava, non era assolutamente in grado di pagare. La vittima chiese dieci giorni di tempo per pensarci, in realtà per aspettare l'esito degli esami delle sue malconce funzioni epatiche; e mentre fino a quella sera fatale sperava in un esito, nei giorni seguenti sperò nell'esito opposto, in modo da non avere rimpianti, e in modo, anche, di lasciare che fossero le cellule del suo corpo a decidere per lei. Ricevuto l'esito, la sera del 14 settembre 2026 riempí la vasca da bagno di acqua bollente e di schiuma, si portò un calice di vino rosso come aveva visto fare in tanti film, mise un cd di Michael Bublé, si immerse e si tagliò le vene dei polsi. Cosí, alla fine, l'unico membro maschile della III A che non ricevette le sue attenzioni fu Luca Brodo, l'autodidatta. Al funerale, presso il forno crematorio del cimitero di Lambrate, si presentarono solo in cinque.

Erano dunque dimezzati, metà su questa terra, e metà sotto, comunque da un'altra parte. Forse per lo sgomento e per il bisogno di fare quadrato, alla cena del 22 luglio 2027 si presentarono in quattordici, assente la sola Podesta. Esauriti i convenevoli, assolto da Rivadeneyra il compito di rendicontare, ci fu una lunga fase di silenzi e di sguardi bassi. Finalmente prese la parola la Migliavacca, che adducendo la mutata situazione numerica, e pretendendo di farsi portavoce di un sentimento diffuso, ripropose a sorpresa l'eresia originaria: interrompere la riffa, dividendo il montepremi in parti uguali fra loro quindici in modo da avere davanti a sé un po' d'anni per godersi quei soldi maledetti o per farne vendetta, ciascuno secondo coscienza. Pallido come un vampiro, Rivadeneyra non volle nemmeno che si desse luogo a uno straccio di discussione, imponendo che si votasse (o meglio rivotasse) subito e impegnandosi a rispettare l'esito del pronunciamento. Questa promessa, a ripensarci, era davvero sorprendente, perché mai in tutti quegli anni Rivadeneyra era stato cosí vicino a capitolare: lo sapeva lui per primo, ma un istinto da pokerista gli diceva che per la dialettica di tipi come Mercandalli o la stessa Migliavacca e per l'indecisione di invertebrati come Musadino o Brancigalievore una discussione sarebbe stata ancora piú rischiosa, laddove una scelta secca avrebbe riportato a galla nell'emotività degli indecisi la determinazione dei primi tempi. Stabilito che la Podesta non sarebbe stata considerata, in quanto assente sia di persona sia di intelletto, si votò per alzata di mano. A favore della mozione votarono Migliavacca, Mercandalli, Sancio, De Cruce e Musadino. Contro, Rivadeneyra, Mascolo, Bathory, Ricci, Rebaudengo, Semprini, Riccadonna e Brodo. Brancigalievore si astenne. La mozione fu dunque respinta con otto voti contrari e cinque favorevoli, ma subito la Migliavacca, indomita, formulò una seconda mozione, proponendo che la riffa si arrestasse nel momento in cui ci fossero stati otto superstiti: un compromesso ragionevole, disse. Si rivotò, con esito identico a quello della prima votazione: otto a cinque, con un astenuto. A quel punto, tirato un lungo sospiro di sollievo, Rivadeneyra sollevò il calice, ammettendo con fare magnanimo che se non altro ci avevano provato, ma diffidandoli dal riprovarci. Poi, bevuto, si rivolse direttamente a Brancigalievore, chiedendogli, se era lecito, il motivo della sua curiosa astensione. Mai, facendogli quella domanda, si sarebbe aspettato di apprendere quello che Brancigalievore, a pezzi e bocconi, interrompendosi, correggendosi, divagando, impegolandosi in anacoluti e lunghi giri di frase senza uscita, insomma con grande imbarazzo e disagio per lui e per chi lo ascoltava, riuscí alla fine a confessare.

SINTESI ORDINATA DI CIÒ CHE DISSE BRANCIGALIEVORE

Negli stessi giorni dell'estate del 1975, poco prima e poco dopo la loro cena iniziale, egli, B., si vedeva spesso con un coetaneo della III C, Fabrizio Raboso, che già ai tempi del ginnasio aveva conosciuto sul tram 29, che prendevano entrambi al capolinea di piazzale Aquileia per scendere in viale Monte Nero angolo via Bergamo e avviarsi quindi a piedi, lungo via Lamarmora e poi via della Commenda, al liceo Berchet. Abitavano infatti a poca distanza l'uno dall'altro, lui in via Giovio al 12 e l'altro in viale San Michele del Carso al 21. Anziché studiare, passavano i pomeriggi a bighellonare per il parco Solari, dove importunavano programmaticamente le ragazze, o al cinema, o a casa loro davanti alla televisione. Qualche volta, insieme a Testaviva, andavano all'ippodromo a scommettere, mai però come scommettevano al bar «Las Vegas» di via Savona, dove si giocava a flipper (ce n'erano quattro, due a tema fantascientifico e due a tema western) e dove appunto si puntava contro gli altri giocatori e contro il padrone stesso, nei cui confronti egli, B., era sempre in debito. In un simile contesto gli venne naturale confidarsi con Raboso in merito alla riffa, nonostante l'esplicito divieto di parlarne con chiunque non appartenesse al nucleo piú stretto della propria famiglia. Incuriosito, Raboso volle saperne di piú, e in breve tempo venne a conoscenza dei criteri e dei modi dell'accordo, entità delle quote annuali compresa. Acquisiti questi elementi, importò quel modello di riffa nella III C, naturalmente all'insaputa di B., anche perché di lí a poco si persero di vista. Di vista ma non di udito, perché saltuariamente, piú o meno una volta all'anno, Raboso aveva cura di telefonargli per fare quattro chiacchiere e, già che c'era, per avere aggiornamenti sull'andamento della riffa, aggiornamenti che B. non gli lesinava. L'ultima volta, però, nella primavera di quell'anno, il tenore della telefonata era stato diverso. Partendo da trentadue effettivi, lo informava Raboso, la III C si era ridotta a sedici elementi, con una progressione identica a quella che aveva assottigliato la III A, e dunque secondo un principio oggettivo e universale che non poteva essere una coincidenza. A quel punto, a parità di longevità e/o di mortalità, i due monconi di classe potevano considerarsi omologhi e transitivi, sicché non era irragionevole pensare a una fusione delle due riffe fermo restando il numero di tre vincitori, che avrebbero cosí beneficiato di un montepremi doppio: una cifra, Raboso fece lí per lí due conti, semplicemente favolosa. Contagiato dall'entusiasmo dell'antico sodale, B. aspettò dunque la cena di quel 22 luglio 2027 per comunicare la cosa ai compagni, ma era stato preceduto e spiazzato dalle mozioni della Migliavacca e relative votazioni, durante le quali, in attesa di sganciare la propria bomba, aveva ritenuto opportuno astenersi, e con questo credeva di avere risposto.

Si può descrivere a parole lo stupore, lo sdegno, il furore di quanti, impietriti, erano stati ad ascoltare? Non si può. Si può solo dire che, tremando per lo sforzo mostruoso di contenere la rabbia, Rivadeneyra invitò Brancigalievore a uscire dal ristorante e ad aspettare in strada fino a che non lo richiamassero, poi, formulata una veloce mozione, passò ai voti. Quando Brancigalievore rientrò, gli comunicò lapidariamente che era stato espulso all'unanimità con tredici voti a favore e nessuno contrario. Il reprobo protestò, certo, minacciò, annunciò azioni legali (Riccadonna sghignazzò), ma il suo destino era scritto, e in un certo modo fu sensazionale che a siglarlo fosse colei che non parlava mai: «Branci, stai *molto* attento a quello che fai», gli disse la Bathory.

E rivide *Una donna chiamata moglie*, brutto titolo italiano di *Zandy's Bride*, regia di Jan Troell, 1974, e *Frankenstein Junior*, regia di Mel Brooks, 1974, dove Hackman aveva una divertente particina, quindi in sequenza

Bersaglio di notte, regia di Arthur Penn, 1975
Stringi i denti e vai!, regia di Richard Brooks, 1975
Il braccio violento della legge n. 2, regia di John Frankenheimer, 1975
In tre sul Lucky Lady, regia di Stanley Donen, 1975

per soffermarsi, con tanti fermo immagini e doppia o tripla visione di alcune scene, su uno dei suoi film preferiti, *Il principio del domino*, regia di Stanley Kramer, 1977, quindi rivide

Quell'ultimo ponte, regia di Richard Attenborough, 1977
La bandera - Marcia o muori, regia di Dick Richards, 1977

e i due primi *Superman* (regia di Richard Donner, 1978; regia di Richard Lester, 1980), in cui il suo eroe interpretava da par suo la parte del perfido Luthor, quindi

Tutta una notte, regia di Jean-Claude Tramont, 1981
Reds, regia di Warren Beatty, 1981
Eureka, regia di Nicolas Roeg, 1983
Sotto tiro, regia di Roger Spottiswoode, 1983 (che gli metteva in uggia il Nicaragua tutto)
Fratelli nella notte, regia di Ted Kotcheff, 1983

Il 2027 si concluse senza nuovi colpi di scena, ma il 2028 si aprí con questi necrologi:

Il 25 gennaio è mancato all'affetto dei suoi cari l'architetto
Raniero Mercandalli
Lo annunciano con immenso dolore la moglie Christine, le figlie Diana e Ginevra e i nipoti tutti. I funerali si terranno il 27 gennaio alle ore 11 presso la chiesa di Sainte-Claire, Vevey.

Vevey, 26 gennaio 2028

Il Rettore del Politecnico di Ginevra insieme a tutti i componenti del Dipartimento di Architettura ricorda l'umanità e l'eccellenza professionale del collega arch. Raniero Mercandalli

Quanto ai compagni della III A non dettarono alcun necrologio, perché non avendolo fatto in occasione delle morti precedenti ritennero che sarebbe stato un atto servile. Causa della morte, appresero dai giornali, un «insulto coronarico», formula che evocò in alcuni qualcosa di araldico.

Poche settimane dopo, l'avvocato Riccadonna stabilí di avere tutto quello che gli serviva per mettere la Rebaudengo con le spalle al muro. Grazie alle intercettazioni ambientali procurate da D'Aniello sapeva con certezza che l'assassinio di Testaviva era stato commissionato a Christian Ragusa dalla madre, che adesso avrebbe pagato o con la borsa o piú verosimilmente con la vita. Sorprendentemente, però, una volta messa alle strette l'interessata ventilò una terza possibilità, dimostrando se non altro di essere all'altezza dell'interlocutore. Se a questi stava a cuore la riduzione del numero dei concorrenti, gli disse, non avrebbe fatto molta differenza se a morire fosse stata lei o qualcun altro: dunque, piuttosto che fargli il favore di suicidarsi, avrebbe fatto un favore ad entrambi facendo fuori uno dei superstiti. Spiazzato, Riccadonna le chiese a chi avesse pensato, e come intendeva agire: ormai calata nella parte della criminale, la Rebaudengo gli rispose che questi erano affari suoi, e che lui avrebbe saputo tutto a cose fatte. Incuriosito, anche un poco ammirato, Riccadonna accettò. A dimostrazione del fatto che gli scrupoli, caduto il primo, cadono uno dopo l'altro come le tessere del domino, la Rebaudengo considerò che per quella via avrebbe potuto eliminare *tutti* i suoi compagni, perlomeno finché non fossero rimasti in tre: poi, saggiamente, decise di concentrarsi sulla sua priorità, a partire dalla scelta del soggetto. La prima persona cui pensò fu la Ricci, impotente com'era sulla sua carrozzella; poi si soffermò sulla De Cruce; poi sulla Sancio; infine su Musadino. La Migliavacca e Rivadeneyra le mettevano soggezione; la Mascolo le sembrava troppo combattiva; la Podesta era sempre in clinica sotto sorveglianza; quanto alla Bathory, solo pensarla le metteva una fifa blu. Rimanevano Brodo e Semprini, ma il sesto senso le diceva che era meglio evitarli, quei due, perché erano strani e imprevedibili e vivevano in un mondo tutto loro. Affidandosi a questo sentore la Rebaudengo, senza saperlo, riscattava tutta la sua stupidità, perché davvero aveva colto nel segno: un mondo tutto loro, il mondo strabiliante della pornografia, e il mondo dei fumetti e del cinema, sotto l'egida protettiva di Gene Hackman. Per cui sí, o Ricci o De Cruce o Sancio o Musadino. Ricci probabilmente, o Sancio o Musadino. Ricci? Musadino? Musadino. Alla fine scelse lui perché si era ricordata che durante una cena, parlando del proprio lavoro come smistatore di pacchi per la Caritas, Musadino aveva raccontato di come passasse ore ed ore da solo nel vasto magazzino di via dei Missaglia, semisepolto da montagne di colli e di borsoni. Decise dunque di contattarlo per sapere come raggiungerlo *in loco*, visto che non abitava lontano (falso) e che voleva disfarsi di un mucchio di vestiti ancora in buono stato. Musadino la ringraziò e le indicò a quale ingresso presentarsi: suonando il citofono sarebbe venuto lui stesso ad aprirle. Quasi incredula per la facilità con cui tutto si stava svolgendo, la Rebaudengo entrò nella stanza del figlio maggiore e si mise a frugare dappertutto, finché trovò quello che cercava: uno spray al peperoncino, uno di quelli fuori commercio e in dotazione alle forze dell'ordine, che il figlio si vantava di aver preso come trofeo di guerra dopo uno scontro fra ultras e polizia in occasione della partita Inter-Bratislava. Il piano prevedeva l'arrivo, l'ingresso, la verifica che non ci fossero testimoni né telecamere, lo stordimento con lo spray, il soffocamento con un sacchetto di plastica: piú facile a farsi che a dirsi. In effetti le cose sarebbero andate proprio cosí, non fosse che, mentre rantolava per l'asfissia,

Musadino trovò la forza di estrarre di tasca una Beretta e di far fuoco. Centrata all'addome, la donna (ma i giornali avrebbero riportato «la vecchia») morí in pochi secondi. Era il 28 febbraio 2028. Il caso naturalmente fece scalpore. Le circostanze, a partire dalle impronte sullo spray e dalle tracce di strangolamento, scagionarono Musadino, cui un rapido dibattimento concesse il beneficio della legittima difesa. Quello che invece non tornava agli inquirenti e ai giornalisti era il motivo per cui un'anziana signora avesse cercato di uccidere un suo antico compagno di scuola. Chiamati a deporre e intervistati, i membri della III A, cui non sfuggiva il nesso fra quell'episodio e la riffa, sviarono le attenzioni parlando (secondo le istruzioni impartite da Rivadeneyra) di una morbosa attrazione che la Rebaudengo avrebbe avuto nei confronti di Musadino. L'avvocato Riccadonna, che aveva ottenuto la morte della Rebaudengo non per suicidio ma per mano altrui, confermò. Ai funerali, svoltisi nella chiesa di San Giuseppe della Pace (via Fratelli Salvioni), presenziarono solo il figlio maggiore e alcune pie donne. Quanto al possesso della Beretta, regolarmente denunciata, risultò che Musadino si era rassegnato a tenerla con sé per insistenza di monsignor Cottafava, indispettito dai continui furti che avvenivano nei magazzini della Caritas. Voci bene informate riferirono di minacce di morte rivolte a Musadino da Christian Ragusa, ancora recluso a San Vittore.

La situazione dei decessi era la seguente:
cause naturali: 7
incidente: 2
suicidio: 3
omicidio: 5

In un clima di reciproco sospetto, i dodici superstiti incominciarono a prendere le distanze, a guardarsi alle spalle, a stare attenti a quello che dicevano. Alla cena del 22 luglio 2028 c'era tempo, ma intanto bisognava arrivarci.

Luca Brodo, che sapeva a memoria tutte le battute di *Per qualche dollaro in piú*, *Il buono, il brutto, il cattivo* e *C'era una volta il West*, trittico che esauriva la sua nozione di cinema, si diceva, cercando di imitare le voci di Groggy e dell'Indio, che quegli undici «piuttosto che averli alle spalle, è meglio averli di fronte in posizione orizzontale. Possibilmente freddi». Cosí pre-eccitato, procedeva poi con le solite macumbe, anche se ormai dubitava della loro efficacia. E certo, si disse dandosi dello stupido, che macumbe erano senza disporre di qualcosa che appartenesse agli interessati, possibilmente al loro corpo come un capello, un pelo, il pezzettino di un'unghia? Ci avrebbe pensato il 22 luglio, intanto doveva far senza. Anche perché, per quanto stava in lui, voleva intervenire, pilotare il destino verso la soluzione ottimale, quella che avrebbe visto come vincitori lui... la Ricci... e la Bathory, uniti dalla vittoria, dalla ricchezza, fusi in un unico organismo vibrante di voluttà trascendente, sí, sí, oltre ogni confine corporeo, oltre ogni crampo.

Tiziana De Cruce aveva deciso, in caso di vittoria, di devolvere il suo premio a un parco marino, ma non sapeva ancora quale. Voleva fare un regalo alle testuggini, ai delfini, ai narvali? O piuttosto alle attinie, o alle barriere coralline, o alla *Myrtix myrtix spathulosa*? Pensò a quanto fosse assurda la sua vita: nessun fidanzato, nessun compagno, sempre in attesa di quello giusto, come se gli esseri umani avessero gli strumenti per misurarla, questa giustezza, cosí, tolta qualche avventura di nessun conto, una vita di solitudine, un'unica spola fra la villetta liberty che le avevano lasciato i genitori in via Beato Angelico al 7 e l'Istituto di Biologia Marina, lei e il plancton, lei e le spugne, lei e i cavallucci marini, lei e un certo tipo di murena cui aveva dedicato la tesi di dottorato e che le valse la partecipazione a una dozzina di convegni, lei che, beffa suprema, il mare lo conosceva perlopiú come oggetto scientifico, non essendosi piú immersa nelle sue acque dopo l'età di diciannove anni, quando per dedicarsi agli studi smise di andare con i genitori ad Alassio (Bagni Romeo) o ad Andora (Bagni Maristella). E adesso, per colmo di assurdità, doveva decidere a quale sub-organismo viscido e incosciente lasciare un premio la cui prospettiva, se ne rendeva conto solo ora, aveva condizionato tutta la sua vita, illudendola di far parte di una famiglia divertente e bizzarra, scoppiettante, a suo modo erotica e insieme drammatica: la III A.

Ad appena un isolato di distanza, in via Moretto da Brescia al 25, Rossella Sancio ristagnava in riflessioni molto simili. Sempre sola, anche lei, con l'ironica aggravante di una fama da mangiauomini, non aveva mai capito perché, l'unica sua colpa essendo stata quella di sorriderne e di lasciar dire, giacché quanto ai fatti, invece, aveva sempre dato il benservito a chi si fosse azzardato, a partire da quei due maiali di Piselli e di Ridolfi, e perfino quando era stata in difficoltà aveva avuto l'orgoglio di negarsi fisicamente a Rivadeneyra, che pure non era l'ultimo venuto e anzi fra i compagni della III A godeva di un prestigio quasi leggendario. Il debito con lui era stato contratto nel 2014: prima di quella data il nulla o quasi, dove il quasi era costituito da un amplesso carpitole da un collega delle Poste che a quel fine l'aveva fatta ubriacare nella tavernetta della pensione Miramonti di Ponte di Legno, in occasione di una settimana bianca nel febbraio del 1982. Ma anche dopo, il nulla: con l'unica, luminosissima eccezione di quella notte passata con Mercandalli in una *suite* dell'Hotel Principe di Savoia. Era il 14 marzo 2024, e lei da allora, non osando nemmeno immaginare una replica, visse di rimpianti per quanto non aveva fatto in gioventú. Adesso erano morti tutti, i due maiali e quell'altro porco delle Poste e Mercandalli e perfino (ci aveva gusto!) quella svergognata della Gaudillo, che se la faceva con tutti lasciando a lei la nomea, a lei, che come la propria omonima in *Via col vento* aveva un bel dirsi «Dopotutto, domani è un altro giorno», perché in realtà era sempre lo stesso identico miserrimo giorno.

E rivide due film in cui la bravura del protagonista faceva male dall'inizio alla fine, ed erano *L'ultimo sole d'estate*, regia di Jerry Schatzberg, 1984, e *Due volte nella vita*, regia di Bud Yorkin, 1985, quindi

Target - Scuola omicidi, regia di Arthur Penn, 1985
Power, regia di Sidney Lumet, 1986
Colpo vincente, regia di David Anspaugh, 1986
Superman IV, regia di Sidney J. Furie, 1987
Senza via di scampo, regia di Roger Donaldson, 1987
Boxe, regia di David Drury, 1988
*Bat*21*, regia di Peter Markle, 1988
L'ultima luna d'agosto, regia di Peter Masterson, 1988

Intanto Domenico D'Aniello, che si fregiava della titolarità della «Marlowe Investigazioni» (via Tolstoj 36) pur non avendo la minima idea di chi fossero Raymond Chandler e Robert Mitchum, non perdeva tempo. Non avendo trovato nulla a carico di Luca Brodo decise di parlamentare con Carmine Magliano, cui fece prospettare uno sconto di pena per buona condotta dalla vicedirettrice del carcere di Opera, ricattabile per aver comperato in Albania la propria laurea in Legge. Magliano, prevedibilmente, disse e non disse, ammiccò, alluse, insomma lasciò intendere che la bomba piazzata nell'autosalone potesse provenire da via Canonica o via Bramante, dove i cinesi avevano il loro quartier generale, quelli buoni e quelli meno buoni, ma che quanto ai mandanti non sapeva dir nulla, solo questo poteva dire, che 'a famigghia è 'a famigghia. Convinto di aver fatto un buco nell'acqua, D'Aniello riferí la conversazione a Riccadonna, il quale lo insolentí subito per non aver capito cosa significasse quell'ultima tautologia. Invitato a darsi da fare presso gli uffici dell'anagrafe, D'Aniello poté infatti accertare quello che l'avvocato aveva già intuito, e cioè che c'era una parentela fra la madre di Brodo e il

Magliano, cugino in secondo grado. Questo non provava nulla, naturalmente, ma metteva Riccadonna in condizione di poter spaventare Brodo con un bluff ben recitato. Cosí, l'11 maggio 2028, Brodo ricevette dall'avvocato una convocazione formale per comunicazioni che lo riguardavano. Di fronte a una formula come questa altri avrebbero tremato: non Brodo, che ormai nella propria testa, ma anche ad alta voce, parlava solo come un personaggio di Sergio Leone. E infatti, entrando nello studio di Riccadonna, che stava fumando una sigaretta, gli disse imitando la vocetta tagliente di Klaus Kinski: «Guarda guarda chi si vede: il fumatore...» L'altro, che non avendo la competenza per rispondere «Il mondo è piccolo» privava Brodo della possibilità di dire «Sí, e anche molto cattivo» con quel che segue, lo guardò con perplessità, poi, recuperato l'*aplomb*, ed entrando inconsapevolmente nel mondo fantastico di Brodo, gli squadernò davanti gli stati di famiglia che lo riconducevano a Magliano. Nel disporli sembrava effettivamente un giocatore di poker che esibisca il punto, per cui Brodo si sentí obbligato a chiedere «Cosa ci giocavamo?», e poiché Riccadonna non capiva perse la pazienza e gli urlò: «"La pelle", dovevi rispondere "La pelle"!», e mentre glielo urlava fece il gesto di rovesciarsi il poncho sulla spalla. Poi, appena l'avvocato cercò di riprendere il controllo con un cenno alla prigionia di Magliano, Brodo divenne Groggy, cioè Luigi Pistilli, e sentenziò: «Lo hanno preso. Per quattro anni, *ni amor*, *ni dinero*, *ni sol*. Peggio per lui, e tanto meglio per tutti». Venti minuti dopo, sfinito e frastornato, Riccadonna lo congedò, non prima che Brodo, senza farsi scorgere, prelevasse dal portacenere il mozzicone della sigaretta.

Nel frattempo Musadino si tormentava per avere ucciso la Rebaudengo, che per un anno, in I A, era stata addirittura la sua compagna di banco. L'avesse previsto! Avrebbe fatto in modo di deviare il destino, poi si ricordò di Laio e di Edipo e scacciò quell'idea. Anzi, ne accettò un'altra, di idea, e cioè che il destino prevedesse anche la sua morte per mano di Christian Ragusa, che di questo l'aveva ben minacciato. Se era cosí, si sarebbe lasciato uccidere senza difendersi, tanto piú che la Beretta gli era stata sequestrata. Alla Caritas, naturalmente, non lavorava piú, sicché un po' per quello, un po' per i sensi di colpa, un po' per paura del Ragusa non usciva piú di casa, facendosi portare la spesa a domicilio (viale Sabotino 22) dal furgone dell'Esselunga. In questa solitudine la sua vita era diventata molto simile a quella di Brodo, con la differenza che lui non credeva nella magia nera, non conosceva le battute dei film di Sergio Leone a memoria, e soprattutto accedeva al sesso non come a un rutilante luna-park ma come a una landa sudicia e peccaminosa, tant'è vero che in materia di solipsismo non solo non batté mai un record ma nemmeno si avvicinò mai a una quota decente, come conferma il fatto che in tutta la vita non gli venne mai un crampo alla mano, destra o sinistra che fosse.

Intanto Brancigalievore, in preda a un cupo rancore, si aggirava per la città bramando vendetta. Rita Podesta era sempre chiusa nella stanza 108 del Reparto di Psichiatria della clinica convenzionata Suor Angela Benincasa, via Mosè Bianchi 11.

Il 20 giugno 2028, quando mancava poco piú di un mese alla cena numero 54, le due eminenze della III A, Lorenzo Rivadeneyra e Luciana Migliavacca, si trovarono in una saletta del caffè «Cucchi», in piazza Resistenza Partigiana angolo corso Genova. L'iniziativa era venuta da lui, che pur avendo fatto respingere le mozioni dell'altra aveva continuato a riflettere su una soluzione che, rispettando lo spirito originario del gioco, permettesse al tempo stesso di accontentare i meno convinti con loro soddisfazione ma, ciò che piú contava, con un risultato ancora piú vantaggioso per gli ortodossi. La Migliavacca non capiva come tutto questo fosse possibile, e il compagno glielo spiegò. Lasciando intatto il meccanismo della vittoria per gli ultimi tre sopravvissuti, si trattava semplicemente di fare uscire dalla riffa chi lo volesse offrendogli una buonuscita: buonuscita, s'intende, pari a meno di un diciottesimo, a occhio e croce, di quella che sarebbe stata la loro vincita in caso di sopravvivenza. Certo, sarebbero venute meno le loro future quote annuali, ma di quanti anni ancora si stava parlando? In ogni caso, il grosso delle quote era stato versato da tutti in oltre mezzo secolo ed era stato fatto fruttare, e quella fortuna sarebbe andata a tre di coloro che fossero restati, con probabilità di vittoria sensibilmente aumentate dopo le buonuscite. La Migliavacca seguiva con ammirazione i ragionamenti di Rivadeneyra, ma dubitava che ci fosse qualcuno cosí sprovveduto da accettare, giunti a quel punto, una proposta del genere. E poiché l'altro si mostrava sicuro del fatto suo, gli chiese a chi avesse pensato. La buonuscita, le spiegò il compagno, aveva un valore simbolico, giusto perché la si potesse accettare senza perdere la faccia, non importava quanto fosse esigua, bastava che consentisse una via d'uscita ai pentiti, a chi era stanco, a chi non avrebbe piú saputo cosa farsene, della vittoria, a chi voleva farla finita con quella macchina che volenti o nolenti tutti loro avevano introiettato nelle proprie teste, e che li modulava, e li ossessionava: con la differenza che c'è chi l'ossessione la cavalca e chi invece se ne fa travolgere. Invitato a fare i nomi di chi avrebbe potuto accettare quell'elemosina, Rivadeneyra sparò senza esitazione: De Cruce, Sancio, Podesta, Musadino, forse Ricci. Anzi stava già pensando di contattarli singolarmente, quando la Migliavacca si oppose, sostenendo che una novità simile richiedeva di essere discussa collegialmente, tanto piú che non mancava molto alla prossima cena. Cosí si aspettò il 22 luglio 2028, quando Rivadeneyra, per non dare un'eccessiva impressione di dirigismo, lasciò illustrare la proposta alla Migliavacca. Tutti ascoltarono nel piú assoluto silenzio, poi incominciarono a incrociare gli sguardi fra di loro. Nessuno osava rompere il ghiaccio, finché in fondo alla tavolata apparve un braccio levato. Apparteneva a Musadino, che con quella stessa alzata di mano, come confermò poi balbettando, intendeva accettare. Poi, fra un accesso di tosse e l'altro, accettò anche la De Cruce. A quel punto, imprevedibilmente, la Sancio sbottò pretendendo che prima si trattasse, perché quella buonuscita era talmente misera da essere offensiva, senonché Rivadeneyra la informò che l'offerta non era negoziabile, al che la Sancio, senza dire piú nulla, gli fece vedere il dito medio. Rivadeneyra guardò quindi in direzione della Ricci, ma quella rimase impassibile, facendo scorrere le dita su e giú per le cromature della sua carrozzella, movimento che non sfuggí a un estasiato Brodo. E poiché aveva rifiutato anche la Podesta, che la Migliavacca era andata appositamente a trovare in clinica, i transfughi furono solo due, cosa che riduceva a dieci i concorrenti ancora in lizza. Era inteso che Musadino e la De Cruce non avrebbero piú dovuto versare la loro quota annuale, e che nel giro di pochi giorni avrebbero ricevuto da Rivadeneyra il bonifico con la buonuscita. Tutti risero e tutti si commossero quando ancora Musadino, rialzando la mano, chiese se lui e la De Cruce potessero partecipare alle cene future, cosa ovviamente scontata.

Oltre a spiare con trepidazione i movimenti della Ricci, Brodo teneva sotto controllo anche Riccadonna, in cerca di segni promettenti. La sera stessa del loro incontro, rientrando all'ammezzato lasciatogli da sua madre in via Maestri Campionesi, era passato per via Cadore, come al solito invasa dalle cassette di balsa e dagli ortaggi gettati via dopo una giornata di mercato. Fra questi ortaggi aveva visto per terra un grosso *daikon*, marcio nella punta ma sano nella base. Lo aveva preso, e pochi minuti dopo ne stava scolpendo la polpa per ricavarne la sagoma di un uomo. Deposta la sagoma su un'asse, le procurò con un coltellino appuntito una cavità corrispondente alla zona dei polmoni: lí dentro depose finalmente il mozzicone sottratto a

Riccadonna, coprendolo con la poltiglia di *daikon* prodotta dallo scavo. Il piú era fatto, tutto il resto, le candele accese, gli spilloni, le formule magiche, era folklore, cui Brodo indulgeva piú che altro per gusto teatrale. Del resto se la cercava l'avvocato, la sventura, fumando un pacchetto al giorno senza filtro pur avendo un enfisema: lui, Brodo, aveva solo aiutato un po'. In effetti durante la cena del 22 luglio 2028 Riccadonna tossí molto, ma non piú del solito.

E rivide

Un'altra donna, regia di Woody Allen, 1988
Mississippi Burning, regia di Alan Parker, 1988
Uccidete la colomba bianca, regia di Andrew Davis, 1989
Cartoline dall'inferno, regia di Mike Nichols, 1990
Rischio totale, regia di Peter Hyams, 1990
Conflitto di classe, regia di Michael Apted, 1990
Spie contro, regia di Nicholas Meyer, 1991

per arrivare finalmente a *Gli Spietati*, regia di Clint Eastwood, 1992, film che aveva già visto cinque volte e ora rivedeva per la sesta, stupendosi ogni volta di quanto Hackman fosse bravo e magnetico e sublime e simpaticissimo ancorché cattivo nella parte di Little Bill Daggett, personaggio che nella sua grandezza oscurava non solo Ned Logan cioè Morgan Freeman e Bob l'Inglese cioè Richard Harris ma lo stesso William Munny cioè Clint Eastwood in persona. Finito il film con la morte di Little Bill («No!» gridava Semprini), il mondo non aveva piú senso, per un bel pezzo.

Lorenzo Rivadeneyra, che aveva avuto un divorzio e un figlio rimasto con la madre, abitava in un lussuoso attico in via Melzi d'Eril 28, con un maggiordomo, una cuoca e una guardarobiera. La donna di servizio veniva tutte le mattine. Alle pareti dei suoi ampi saloni erano appesi quadri della scuola italiana, fra cui due Carracci, un Pontormo, un Guido Reni. Da molto molto tempo pensava alla riffa come a una sua creatura: l'aveva sempre amministrata bene sotto l'aspetto finanziario, l'aveva guidata con polso sicuro respingendo ogni tentativo di sopprimerla o di snaturarne lo spirito, è vero: ma non l'aveva inventata lui. Questo restava un suo cruccio, rinnovato ogni volta che, per onestà, resisteva alla tentazione di attribuirsene la paternità, tentazione facilitata dal fatto che nessuno ricordava piú chi avesse avuto l'idea: anzi, che nessuno aveva saputo dirlo nemmeno in quei primissimi giorni, nel lontano 1975. E forse proprio per fregiarsi di qualcosa che fosse tutto suo, qualcosa di creativo che andasse al di là della mera funzione di controllo esercitata fino a quel momento, Rivadeneyra si abbandonò al sogno di un'ulteriore stretta: un solo premio, tutto il premio, per un unico sopravvissuto. Non doveva necessariamente trattarsi di lui, perché era già cosí ricco che anche quella cifra astronomica non gli avrebbe cambiato la vita, la poca vita che gli sarebbe restata. Bastava che fino all'ultimo l'adrenalina scorresse impetuosa, e per questo si doveva alzare ancora l'asticella. Aspettare di essere in tre (ammesso che lui ne facesse parte) per votare l'emendamento era troppo rischioso, perché la prospettiva di mettere le mani sulla propria parte, e *subito*, dopo decenni di attesa, avrebbe fatto cadere la proposta. Bisognava dunque parlarne con un certo anticipo ma senza scoprire le carte, con accenni discreti e ipotesi buttate là come giochi accademici per far sí che anche gli altri familiarizzassero con l'idea. Certo, non gli sfuggiva l'obiezione per cui i tre vincitori, giunti verosimilmente a un'età fra gli ottanta e i novant'anni, e avendo data prova di una longevità che ne avrebbe potuto fare dei centenari, si sarebbero dovuti sobbarcare l'onere di un'ulteriore, snervante attesa, lasciando finalmente all'unico superstite, ormai una mummia decrepita, ben poco tempo per godersi il premio. Ma era proprio quello il punto, che non c'era nulla da godere! Era nello spirito del gioco, che i vincitori o il vincitore non godessero nulla! Il denaro era un pretesto, il vero premio era la vittoria in se stessa, gratuitamente, disinteressatamente, ludicamente, epicamente, sí, anche epicamente. Valutò se aspettare la cena del 2029 o se incominciare a buttar là qualche seme, e optò per i semi (anzi l'immagine che piú gli piaceva, in questa come in altre circostanze, era quella del pescatore che prima di gettare l'amo pastura con calma). Certo per ora sarebbe stato alla larga dalla Migliavacca, che avrebbe bocciato la proposta, non ne dubitava, come l'idea di un folle o il parossismo di un demente. Idem per Riccadonna, l'ultimo di cui potersi fidare. Quanto a Brodo e a Semprini, li escluse per gli stessi motivi per cui, a tutt'altro proposito, li aveva esclusi la Rebaudengo. Fuori gioco la Podesta, rimanevano quattro donne, quattro anziane signore che per cavalleria, ma ancor piú per un fenomeno di cristallizzazione che le conservava nella sua mente com'erano nel 1974, considerava come quattro ragazze: la Sancio, la Ricci, la Mascolo e la Bathory. Dopo averle sondate separatamente, pretendendo con ognuna di limitarsi a riferire pareri e suggerimenti delle altre, le portò piano piano, senza che quasi se ne accorgessero, a condividere se non l'idea almeno il tema. Poi, ritenendo conclusa con soddisfazione la fase della maieutica, le convocò nella sala da tè della pasticceria «Cova», non quella di via Monte Napoleone ma quella piú discreta di via Cusani 10. Lí, trattandole come delle grandi dame con il *savoir faire* dell'uomo di mondo, ma anche con la goffaggine un po' *farouche* del compagno di classe, Rivadeneyra le sospinse alla seguente conclusione: che quella importante modifica al regolamento sarebbe stata accolta o viceversa respinta dai tre vincitori, allora e solo allora, con una votazione a maggioranza. La Sancio e la Ricci anticiparono che se fossero rimaste nel terzetto avrebbero bocciato la proposta; la Mascolo e la Bathory si pronunciarono in senso opposto, sí che a Rivadeneyra sarebbe bastato arrivare in finale (come impropriamente già la considerava) con una di queste due perché venisse applicata la formula del vincitore unico. Si comprende dunque la sua delusione quando, durante la cena del 22 luglio 2029, gli ultimi quattro interpellati, Migliavacca, Brodo, Semprini e Riccadonna, ognuno per un motivo diverso, accettando il meccanismo della votazione fra i vincitori sentirono il bisogno di avvisare che, fosse toccato a loro, avrebbero arraffato un terzo del montepremi e chi s'è visto s'è visto. La serata finí poi in cagnara, perché ormai conoscevano tutti lo stile di Brodo, e si divertivano a dargli il la. «Forse è una domanda indiscreta», gli disse la Ricci senza che ci fosse stata alcuna domanda, e Brodo, con la voce del colonnello Mortimer: «No, le domande non sono mai indiscrete, le risposte lo sono, a volte».

Il 25 novembre 2029, dopo rapidissimo decorso, l'avvocato Aurelio Riccadonna passò a miglior vita, stroncato da un male incurabile ai polmoni. Se nessuno arrivò a gioirne come Brodo, che si fregava le mani per la certezza di essere diventato un vero stregone, quando invece la causa andava ripartita fra l'aria di Milano (25%), l'ereditarietà (25%) e il tabagismo (50%), nessuno nemmeno lo compianse, né fra i compagni di classe né nel Foro. L'unico che aveva motivo di dolersene era Domenico D'Aniello, che perdeva un importante datore di lavoro. Ai funerali, svoltisi nella chiesa del Sacro Volto di via Sebenico, erano presenti tre rappresentanti dell'Ordine degli Avvocati, il suddetto D'Aniello, e quattro compagni di classe.

Erano rimasti in nove, sei femmine e tre maschi, secondo una proporzione comune alla gerontologia di tutto l'Occidente.

E rivide

Il socio, regia di Sydney Pollack, 1993
Geronimo, regia di Walter Hill, 1993
Wyatt Earp, regia di Lawrence Kasdan, 1994

con l'impazienza di arrivare a uno dei titoli sommi, un capolavoro misconosciuto che aveva visto un'infinità di volte e che anche adesso rivide con straordinaria partecipazione e ancora una volta gridando «No!» alla morte del prediletto, e questo film era *Pronti a morire* (titolo originale *The Quick and the Dead*) diretto da Sam Raimi nel 1995, e poi si prese una pausa per conservare quell'emozione il piú a lungo possibile.

Il 7 marzo del 1980 non fu solo il giorno in cui il piccolo Martino Podesta prendeva un volo senza ritorno sparato dal Calcinculo del luna-park delle ex Varesine, zona in seguito radicalmente riurbanizzata. Fu anche il giorno in cui la mente della sorella Rita si incrinò irreparabilmente, destinandola prima a una terapia farmacologica, poi all'andirivieni da una clinica all'altra fino al definitivo ricovero, nell'ormai lontano 1999, presso la casa di cura Suor Angela Benincasa. Queste cure erano state possibili per l'ampia disponibilità del padre, uno dei costruttori piú importanti del paese, non cosí abbiente tuttavia da non fare piú di un pensierino sulla riffa in cui la sua sventurata figliola era stata coinvolta, pensierini che avevano strettamente a che fare con l'idea di *risarcimento*. Come si è visto, l'unica delle compagne che si recasse a farle visita era Luciana Migliavacca, che quando la trovava abbastanza lucida per poter seguire un discorso la ragguagliava circa il destino dei compagni. Il piú delle volte, tuttavia, doveva parlarle come a una bambina o a una bestiolina, quando non si limitasse a osservarla sepolta nel suo sopore. Fra tutti i compagni era scontato che la Podesta sarebbe morta ben prima di poter vincere il premio: intanto però erano rimasti in nove, e lei era ancora lí. Si erano anche posti il problema, qualora avesse vinto, se fosse giusto che il premio lo prendesse suo padre, ancora arzillo nonostante i suoi novantaquattro anni, o se non il padre qualcun altro della famiglia. Quando avevano ideato la macchina, avevano messo in conto che a beneficiare del premio sarebbero stati soprattutto i figli dei vincitori o al massimo i fratelli minori, ma nessuno aveva pensato ai genitori o ad altri ranghi come gli zii, i cugini, e soprattutto il parentame acquisito. Era una falla del loro sistema, ma ormai era troppo tardi per provvedere. Si poteva solo sperare che nel caso della Podesta la natura facesse il suo corso, non fosse che per pietà («La pietà degli avvoltoi», chiosò la Migliavacca). Brodo, a buon conto, fece un tentativo dei suoi, ma non disponendo di nulla che appartenesse alla degente fu il primo a non crederci. In occasione dell'ultima cena, invece, si era procurato qualcosa che proveniva dalla Mascolo, nella fattispecie un tovagliolino di carta con cui lei si era pulita la bocca. La manovra non era sfuggita alla Ricci, seduta accanto alla Mascolo, anche perché Brodo non aveva fatto nulla per nasconderla: agendo fulmineamente intanto che la Mascolo era voltata da un'altra parte ma mentre la Ricci stava guardando proprio verso di lui, che le sorrise con aria complice ottenendone in cambio, come in uno specchio, un sorriso gemello. Dunque era vero, la Ricci sapeva, aveva sempre saputo, e lui per lei doveva essere una specie di eroe, un paladino cui delegare quello che lei, in quanto donna e in quanto menomata nei movimenti, non poteva fare di persona. Ma se era cosí, voleva anche dire che lui faceva parte del sogno di lei, un sogno che li vedeva alleati fino alla vittoria finale, possibilmente, sospirò, insieme alla Bathory. Dominando l'emozione, la guardò di nuovo, ma questa volta lei non sorrideva piú, al contrario sembrava preoccupata; e soprattutto non lo guardava negli occhi, ma puntava lo sguardo verso... sí, verso il suo braccio destro, che senza che lui se ne fosse accorto aveva incominciato a tremare vistosamente. Ma si preoccupava per il suo presunto Parkinson, o non piuttosto perché in quel tremore che stava per rattrappirsi in crampo vedeva le prove di una prassi dalla quale lei, in corpo e in presenza, era e sarebbe rimasta esclusa? In entrambi i casi c'era di che essere lusingato, ma piú tardi, verso la fine, cogliendo uno sguardo fra la Ricci e la Bathory, Brodo si sentí rimescolare le viscere: e se quelle due, sí insomma... Che sguardo era stato? Riguardavano lui, i loro sorrisetti, o erano una cosa tutta loro, o non forse si incrociavano entrambe le cose? E comunque, se quelle due se la spassavano insieme, non c'era posto anche per lui? Il porno non era forse il mondo del possibile, dove bastava immaginare una cosa, anche la piú estrema, per sapere che era stata fatta, che da qualche parte nel mondo si continuava a farla, che l'avrebbe fatta anche lui? Anzi se non era ancora successo niente la colpa era sua, perché non aveva mai preso l'iniziativa: certo poteva ancora rimediare, che beffa però, godere di due ultrasettuagenarie che avevano già provato di tutto da mezzo secolo, magari anche da prima, quando lui traduceva Cornelio Nepote chino sul banco mentre loro si scambiavano bigliettini osceni...

Cosí quella sera, salutati i compagni, fece in modo di avviarsi insieme a Rivadeneyra. Rivadeneyra non gli era simpatico, non era simpatico quasi a nessuno, ma non c'era chi ne potesse negare l'ascendente. Forse era la sua sicurezza, forse la naturalezza con cui incarnava la parte del rampollo di una famiglia di nobili e di alti funzionari, forse l'improntitudine con cui dava sempre l'impressione di sapere quale fosse la cosa giusta da fare, o forse il semplice fatto, senza che ci fosse mai stato un investimento formale, che venisse da sempre considerato il capo della riffa, come a dire della III A. E appunto secondo questo stile, percorso qualche centinaio di metri, Rivadeneyra gli chiese a bruciapelo se dovesse domandargli qualcosa. Colto di sorpresa, imbarazzato dall'argomento che voleva affrontare, Brodo rimase in silenzio, cercando invano di capire cosa avrebbero potuto dire Tuco o Sentenza in quel frangente. Poi, prendendola larga, a brandelli ed eufemismi espose il suo problema, suscitando in Rivadeneyra, quando finalmente capí di cosa si trattava, un'insolita ilarità. Quindi, fattosi serio, e dopo avere stigmatizzato la perdita di tanti anni in cui Brodo avrebbe potuto verificare i propri dubbi e probabilmente dare corso alle sue fantasie, se non a tutte almeno a molte, Rivadeneyra disse che occorreva un distinguo, essendo una cosa la Ricci e una cosa la Bathory. La Ricci, dunque, era in carrozzella, ma il suo problema era ortopedico, non neurologico: questo significava che, con le debite precauzioni, poteva avere una vita sessuale, e probabilmente in quegli anni l'aveva avuta. Tutto stava a vedere se avrebbe voluto averla anche con Brodo, incognita legata sia all'avanzata età di entrambi, sia, lo perdonasse ma era meglio essere franchi, sia per la fama di onanista convinto che a torto o a ragione lo accompagnava, anche se paradossalmente questo poteva rivelarsi un vantaggio, essendo nota la propensione delle donne a salvare gli omosessuali dalla loro omosessualità e gli onanisti dal loro onanismo. Se anche la Ricci appartenesse a questa famiglia di infermiere, però, Rivadeneyra non poteva dirlo. In ogni caso, il suo suggerimento era di compiacerla con omaggi floreali, bigliettini e altre manifestazioni di galanteria, dandole a vedere di trattarla come una donna nel pieno possesso delle proprie facoltà fisiche: guai se la Ricci avesse colto nella sua dedizione un'ombra di compassione, guai! Quanto al dunque, se mai ci si fosse arrivati, evitare qualsiasi manovra che potesse dare l'impressione che lui approfittasse della situazione da un punto di vista meccanico-posizionale, sicché meglio lasciare a lei ogni iniziativa. Questo quanto alla Ricci. Quanto all'altra, Rivadeneyra disse che si trattava di un tipo di rettile del quale non aveva la minima esperienza, anche se tanto algore poteva nascondere delle sorprese. Il suo consiglio era di lasciar perdere, oppure, all'estremo opposto, di giocarsi tutto in una volta. E quando Brodo, ringalluzzito, gli chiese come potesse giocarsi quella carta, Rivadeneyra gli disse: dichiarandosi suo schiavo.

E rivide *Allarme rosso*, regia di Tony Scott, 1995, dove l'interpretazione di Hackman non è misurabile con strumenti umani, quindi

Get Shorty, regia di Barry Sonnenfeld, 1995
Extreme Measures, regia di Michael Apted, 1996
L'ultimo appello, regia di James Foley, 1996

dopodiché rivide due volte di seguito un altro dei suoi film preferiti, *Potere assoluto*, regia di Clint Eastwood, 1997, e si ricordò che alla notizia della morte di Gene Hackman Eastwood aveva affermato di non aver mai lavorato con un attore bravo e serio come lui, e si disse, lui Semprini, che voleva ben vedere che non fosse cosí, e che sarebbe saltato alla gola di chi avesse sostenuto il contrario, e che adesso che ci pensava era il caso di sfruttare lo straordinario talento mimico di Brodo insegnandogli a sostituire il suo repertorio con un florilegio di battute tratte dai migliori film di Gene Hackman, a partire da *Il principio del domino*, *Gli Spietati* e *Pronti a morire*.

Brodo, che avrebbe dovuto aspettare poco piú di quattro mesi prima di essere informato della morte di Riccadonna, e dare quindi libero corso al proprio delirio di onnipotenza, operava intanto ai danni della Mascolo, anche se un tovagliolo di carta dialogava poco e male con la gastroenterite che la affliggeva da decenni. Le avevano però asportato un linfonodo, cosí ricordava Brodo, che non sapendo assolutamente nulla di anatomia e di patologia decise di affidarsi alle parole in se stesse: ritagliò dunque alcune striscioline dal tovagliolo, le intrecciò come i trefoli di una fune, poi ne ricavò un nodo piccolo e stretto, replicato altre sei volte. Presa quindi dal parco Vittorio Formentano (medico, fondatore dell'AVIS, 1895-1977), che nessuno chiama cosí perché chiunque lo designa per il parco di largo Marinai d'Italia, cosí come nessuno dice il Giuseppe Meazza per indicare San Siro, presa una pianta selvatica il cui gambo gli sembrava abbastanza sugoso, la spremette e strizzò facendone defluire la linfa sopra il nodo, operazione che venne ripetuta altre sei volte. Sagomata a forma di donna una spessa fetta di zucca mantovana, con l'aiuto di un succhiello il mago le infilò dentro i sette linfonodi, in punti che gli sembrarono strategici. Poi, rimessa in ordine la cucina, incominciò a pensare a un modo per avvicinare la Ricci. Nel periodo in cui la sua compagna non era potuta venire alle cene per via dei decorsi post-operatori le aveva fatto da consulente, telefonandole per riferirle i conteggi di Rivadeneyra o contattandola già dal ristorante in occasione di una votazione. Ma quei tempi erano finiti, la carrozzella elettrica aveva riportato la Ricci fra loro e questo, paradossalmente, l'aveva allontanata da lui, fatta eccezione per quelle occhiate – quei lampi – con cui lei sembrava incoraggiarlo ad agire. Agire contro gli altri, ovviamente, cosa che lui stava effettivamente facendo, ma non poteva esserci anche l'allusione a un altro tipo di impresa, l'invito a dedicarsi a lei con una nuova attenzione, proprio come aveva suggerito Rivadeneyra? Oppresso da tutte quelle elucubrazioni, che non erano mai rientrate nelle sue abitudini, telefonò d'impulso a Rivadeneyra chiedendogli se non fosse meglio saltare i passaggi intermedi per dichiararsi subito schiavo, sí, ma della Ricci. Finito di ridere, Rivadeneyra gli disse che, a differenza della Bathory, la Ricci aveva bisogno di un minimo di sentimentalismo, giusto un accenno, una finta; e gli consigliò di leggersi un libro intitolato *L'amore ai tempi del colera*. Brodo, che non conosceva né il titolo né l'autore, andò in libreria e acquistò quel romanzo, dal quale imparò che l'amore non ha età e può non essere sconveniente (litote dovuta, pur non sapendo Brodo cosa fosse una litote): e se ce l'avevano fatta Florentino Ariza e Fermina Daza, ce l'avrebbero fatta anche Luca Brodo e Lola Ricci, carrozzella compresa. Cosí Brodo chiamò a raccolta tutto il proprio coraggio e telefonò alla Ricci, la quale fu piuttosto fredda e scostante: anzi quasi offensiva, perché verso la fine della telefonata trovò il modo di dirgli che, a quanto poteva giudicare, lui stava perdendo colpi. Durante l'intera conversazione non si accennò mai, né da una parte né dall'altra, alla possibilità di un incontro. Avvilito, Brodo passò alcuni giorni in preda allo sconforto, poi ebbe un'intuizione. I colpi, ma certo! Lei lo aveva visto versare la bustina nel bicchiere di Mentasti, primo colpo! Poi doveva avergli attribuito l'attentato contro Piselli e Ridolfi, secondo e terzo colpo! Ultimamente invece gli aveva sí visto prendere il tovagliolo della Mascolo, ma senza conseguenze; e quanto a Riccadonna non sapeva nemmeno del mozzicone, e in ogni caso anche quella macumba non stava funzionando... Dunque era solo una questione di risultati: glieli portasse, e lei sarebbe stata sua. Aspettare l'esito delle proprie operazioni, però, era una prospettiva estenuante; e soprattutto sarebbe stato troppo facile, *post factum*, prendersene il merito. Cosí raccolse dal marciapiede un mozzicone di sigaretta senza filtro, lo mise in uno scatolino, fece un pacchetto e lo spedí alla Ricci, via Salasco 10. Lo scatolino conteneva anche un cartiglio su cui erano vergate le parole: «Uno cosí nel petto». Né firma, né nome del fumatore, ma la destinataria non ne aveva bisogno per ricostruire l'accaduto. Non rispose a Brodo, ma, come lui, rimase in attesa. Il 25 novembre la morte di Riccadonna la convinse di aver puntato sul cavallo giusto, e questa volta fu lei a telefonargli. Anche in questa occasione però non si parlò di vedersi: Brodo ebbe l'impressione che a lei avrebbe fatto piacere, ma che si vergognasse della propria condizione: soprattutto, osò pensare, una volta che si fosse dovuta spogliare. Ma se era cosí – continuò a dialogare con lei nella propria mente – avrebbe rinunciato a farla spogliare, si sarebbe spogliato solo lui (in quanto schiavo), oppure, se lei avesse preferito, non si sarebbe spogliato nemmeno lui e si sarebbero limitati a delle effusioni, lui l'avrebbe sollevata dalla carrozzella, e dopo averla deposta sul letto l'avrebbe accarezzata e forse baciata, oppure nemmeno quello, si sarebbero solo abbracciati, ma gli sarebbe andato bene anche lasciarla sulla carrozzella e inginocchiarsi davanti a lei prendendole una mano e dicendole cose suadenti, mentre con l'altra mano le accarezzava un ginocchio o un tubo cromato della carrozzella, ma se lei non gradiva poteva starsene a qualche metro di distanza, in piedi o seduto come lei preferiva, e dirle cose serie per commuoverla o cose bizzarre per divertirla, e imitare le voci e insomma fare qualsiasi cosa davanti a lei tranne *quella* di cui era vissuto e che gli procurava quel fastidioso crampo, perché per quella bisognava essere soli.

L'8 gennaio dell'anno nuovo Anna Mascolo ottenne di farsi ricevere da Rivadeneyra, che le diede appuntamento nel suo nuovo ufficio in via Caradosso 8, con vista sull'abside bramantesco di Santa Maria delle Grazie. Nonostante l'età, continuava a lavorare, guidando la sua ditta di *import-export* con lo spirito di un condottiero. La Mascolo, era facile prevederlo, cercava rogne. Incattivita, inacidita, da lungo tempo in preda a un vittimismo lagnoso e rancoroso, veniva a chiedergli un riconoscimento economico in qualità di ideatrice della loro riffa. Se aveva capito bene, le disse Rivadeneyra dopo averla lasciata sfogare, pretendeva il *copyright*. L'esagitata rispose affermativamente, accennando a testimoni che avrebbero confermato la sua pretesa. Dopo rapida escussione risultò, guarda caso, che tutti quei testimoni erano morti, tolto Brancigalievore che però era stato espulso e privato di ogni diritto. Furibonda, la Mascolo minacciò di rivelare tutto alla stampa, al che, senza neanche un *plissé*, Rivadeneyra la invitò a farlo, e la trattò come la poveretta che era, con un tale disprezzo da risvegliare in lei l'antichissimo sdegno delle Erinni. Scarmigliata, le guance scarlatte, la Mascolo se ne andò profferendo terribili anatemi e garantendo a Rivadeneyra che la riffa non si sarebbe mai conclusa perché lei sapeva come sabotarla, oh se lo sapeva!

E rivide

Twilight, regia di Robert Benton, 1998
Nemico pubblico, regia di Tony Scott, 1998

Under Suspicion, regia di Stephen Hopkins, 2000
Le riserve, regia di Howard Deutch, 2000
The Mexican, regia di Gore Verbinski, 2001
Heartbreakers, regia di David Mirkin, 2001
Il colpo, regia di David Mamet, 2001
I Tenenbaum, regia di Wes Anderson, 2001 (che lo fece piangere)
Behind Enemy Lines, regia di John Moore, 2001
La giuria, regia di Gary Fleder, 2003
Due candidati per una poltrona, regia di Donald Petrie, 2004

e poi ricominciò dall'inizio.

La sera del 22 luglio 2030, a cena, c'erano sette convitati: Rivadeneyra, Migliavacca, Sancio, Ricci, Bathory, Brodo, Semprini. La Podesta e la Mascolo erano assenti, ma mentre la prima era giustificata di diritto, la Mascolo non aveva fatto pervenire alcuna comunicazione. Quanto a Musadino e alla De Cruce, non avevano ancora approfittato della facoltà di presenziare. Rivadeneyra ebbe un infausto presentimento, e non fece mistero della visita ricevuta dalla Mascolo all'inizio dell'anno. Chi invece ne trasse buoni auspici furono Brodo e la Ricci, convinti che la loro compagna avesse fatto una brutta e non immeritata fine. La Migliavacca, che aveva il suo numero, le telefonò, ma la persona risultava irraggiungibile. Su indicazione di Rivadeneyra si decise di aspettare che si facesse viva lei; altrimenti, avrebbero trovato un modo per rintracciarla. Quella sera vollero anche aggiornare il quadro delle loro patologie impegnandosi alla massima sincerità. Rivadeneyra suggerí che l'elenco seguisse l'età anagrafica, perché al punto in cui erano arrivati, celiò, anche un mese poteva fare la differenza.

Proprio Rivadeneyra era il piú anziano, essendo nato il 12 gennaio 1955 e avendo dunque settantacinque anni e centonovantun giorni. A suo carico, confermò quanto già aveva dichiarato: calcoli renali, osteoporosi, artrite, piú sciatalgia.

La Migliavacca, nata il 3 marzo 1955, aveva settantacinque anni e centoquarantun giorni. Confermò l'acufene, ma notificò l'asportazione delle ovaie.

La Sancio, nata il 15 aprile 1955, aveva settantacinque anni e novantotto giorni. Confermò la sofferenza epatica e il malfunzionamento dell'ipofisi, aggiungendo (ma senza spiegazioni ulteriori) di avere un grosso problema dermatologico.

La Podesta, riferí la Migliavacca, era nata il 20 maggio 1955, e aveva settantacinque anni e sessantatre giorni. Il suo autolesionismo non conosceva remissione.

La Ricci, nata il 2 agosto 1955, aveva settantaquattro anni e trecentocinquantaquattro giorni. Disse che la carrozzella parlava da sé, e che pur non essendo paralizzata agli arti inferiori non riusciva piú a camminare nemmeno con le stampelle, se non per brevi momenti.

La Bathory, nata il 2 settembre 1955, aveva settantaquattro anni e trecentoventitre giorni. Si limitò a confermare l'ormai antica mastectomia.

Brodo, nato il 27 ottobre 1955, aveva settantaquattro anni e duecentosessantotto giorni. Il fatto che le sue due muse non avessero ancora compiuto settantacinque anni gliele fece apparire in una luce di giovinezza, e si sentí in diritto di agitare il braccio tremebondo per mostrare ai compagni quanto il Parkinson, che non era Parkinson, fosse peggiorato. Altri possibili mali erano occultati, anche alla sua coscienza, da quello schermo.

Semprini, nato il 13 dicembre 1955, aveva settantaquattro anni e duecentoventun giorni. La sua pressione, pur tenuta sotto controllo, era sempre altissima, e due anni prima aveva avuto un secondo principio di infarto.

Quanto alla Mascolo, concluse Rivadeneyra, avesse l'età e i mali che avesse e andasse al diavolo.

Quando una persona scompare, ma non se ne trova il corpo, devono passare dieci anni prima che se ne decreti ufficialmente la morte: cosí la Legge. Prima di questa scadenza, la morte è soltanto «presunta», termine che parrebbe ragionevole, non fosse che ne scende a cascata tutta una serie di precauzioni secondo le quali, di fatto, il *de cuius* è da considerarsi vivo, a partire dalla sua posizione nello stemma ereditario. Quella stessa sera, trovando conferma nel Codice Civile ai propri peggiori sospetti, Rivadeneyra pensò che la Mascolo avesse deliberatamente preso il largo (magari in Sudamerica, dopo aver liquidato tutti i propri risparmi) con il fine preciso di colpire al cuore la macchina della riffa: era infatti evidente che senza poterne dichiarare la morte prima di dieci anni, il computo dei decessi e delle sopravvivenze si sarebbe arenato. Quasi subito però si rese conto che non poteva essere questo il piano, perché la situazione si sarebbe comunque sbloccata nel 2040, quando i sopravvissuti avrebbero avuto ottantacinque anni: tanti, ma non impossibili. No, con l'assenza ingiustificata di quella sera la Mascolo aveva solo voluto mandare un messaggio, dar loro un esempio di cosa avrebbe fatto piú in là, quando si fosse sentita vicina alla fine: nel frattempo sarebbe ritornata e avrebbe partecipato alle cene come se niente fosse: presente, ma sempre sul punto di spiccare il volo. (Certo, si disse piú tardi nel letto, la loro riffa non sottostava alla Legge, ma sapeva, come sapevano tutti, che la garanzia di quel gioco, il suo stesso senso, stava nelle parole con cui si erano vincolati l'uno all'altro per la vita e per la morte, con un entusiasmo e un fanatismo che andavano al di là del diritto, e facevano di ognuno di loro un figlio del 1975, un abitante, del 1975, nato e morto nel 1975, in quell'era glaciale, e che forse c'era da qualche parte un metodo migliore per irridere la morte, ma se c'era loro non lo avevano trovato).

Quando era stata investita in bicicletta, Lola Ricci aveva trentaquattro anni. Con la sorella maggiore lavorava nella «Bottega delle Stampe» di proprietà della madre, in via Anfossi 21. Tale bottega, in realtà, era prevalentemente un negozio di cornici, come tutti i negozi di cornici frequentato da una clientela piuttosto anziana. Di tanto in tanto, tuttavia, capitava che le tre donne intercettassero in qualche mercatino un vecchio libro illustrato, dal quale, debitamente smembrato, ritagliavano via immagini di piante o di figurini alla moda per poi incorniciarle come artistici quadretti, con la stessa mancanza di scrupoli con cui i professionisti del ramo ricavano altrettanti quadri dalle meravigliose xilografie acquarellate del Dioscoride. Prima dell'incidente Lola aveva avuto qualche fidanzato volante, del quale si liberava non appena calasse come una ghigliottina il parere sfavorevole della madre. Abbandonata dal marito con due figlie piccole, costei si era inzitellita e inacidita a tal punto da considerare le due bambine al pari di cera molle da lavorare come soldatesse antiuomo. Il progetto pedagogico le riuscí alla perfezione con la maggiore, meno con la minore, che qualche curiosità voleva pur togliersela, s'intende clandestinamente. L'incidente fece emergere il peggio che la famiglia potesse produrre: la madre arrivò a dire che avrebbe voluto vedere chi *adesso* se la sarebbe presa, sciancata com'era; la figlia annunciò di volersi impegnare per diventare una vera puttana. Esageravano entrambe, naturalmente, ma il solco era ormai incolmabile. Dopo la seconda operazione l'anca lussata divenne un'anca sfaldata, e per gradi la sedia a rotelle diventò una cosa sola con chi la occupava. La quale occupante, non avendo rinunciato ad entrare in relazione con il sesso opposto, si rese presto conto con orrore che i piú la vedevano come una paralitica, con le gambe immobilizzate da una lesione spinale: certo avrebbe potuto disingannarli all'istante, per esempio agitando in su e in giú le gambe come fanno i bambini sul bordo della piscina, o semplicemente parlandone, ma la prendeva una tale stizza da non farne niente. Stizza che nasceva dall'idea che ogni eventuale attenzione nei suoi confronti, lungi dall'implicare non si dice un appetito carnale ma nemmeno una fantasia platonica, sarebbe stata una mera forma di cortesia, il salamelecco dovuto a una povera inferma. Cosí li scacciava, per la soddisfazione della madre e della sorella. Una sola volta, a titolo sperimentale, si alzò in piedi puntellandosi sui braccioli della carrozzella e dicendo al malcapitato di non starsene lí impalato e di portarle le stampelle, ma lo disse con una tale veemenza che quello, dopo un pomeriggio trascorso a seguirla in tondo per il soggiorno, non si fece mai piú vedere. In occasione delle cene della III A aveva spesso sorpreso uno dei suoi compagni nell'atto di guardarla, per abbassare subito lo sguardo e arrossire dopo essersi accorto di essere stato guardato a sua volta. Lusingata, ma senza provare una vera attrazione, la Ricci protrasse il gioco spingendosi sempre un filo piú in là nella schermaglia degli sguardi, finché una sera lo vide fare una cosa strana: versare il contenuto di una bustina di zucchero nel bicchiere di un altro, la cui morte, avvenuta nottetempo, suggeriva che lo zucchero non fosse zucchero. Da quel momento Luca Brodo, cosí si chiamava il compagno, divenne il suo punto di riferimento, quasi l'unico esponente del sesso maschile autorizzato a conferire con lei o anche solo a sorriderle. E se era vero quello che le compagne vociferavano ridacchiando, e cioè che si trattava di un campione di autosufficienza, meglio ancora, cosí in teoria, per ipotesi accademica, lei avrebbe potuto aiutare lui come sicuramente lui aveva pensato di aiutare lei, pur sapendo che non si trattava di una paralitica. La morte spettacolare di altri due scommettitori le fece credere che anche lí potesse esserci il suo zampino, idea poi rafforzata dagli episodi del tovagliolo e del mozzicone. Oltre a diventare un tipo sempre piú interessante, quel Brodo incominciava a farsi pericoloso, e conveniva tenerselo buono: di qui la manfrina delle telefonate e delle mezze promesse, finché arrivò il momento di invitarlo a casa.

Era il 19 settembre 2030 quando un agitatissimo Brodo suonava al citofono del civico 10 di via Salasco, zona parco Ravizza, dove ai bei tempi c'erano i travestiti e dove adesso imperversavano gli orrendi bocconiani. La Ricci andò ad aprirgli con le stampelle, poi volle fargli fare il giro della casa come per dimostrargli la propria efficienza, quindi, con grazia e naturalezza, riprese posizione sulla sedia a rotelle. Brodo era incantato: la guardava *bouche béante*, come una scimmia ipnotizzata dal serpente. Ma quell'emozione era tutta estetica, di un'estetica sacra: sicché il braccio non tremò. Non solo, ma quell'estasi trasfigurò anche i lineamenti del visitatore, che parve di colpo ringiovanire, come se non fosse Brodo ma l'idea di Brodo, il suo archetipo, quello che figurava nella fotografia scattata alla III A nel remotissimo e però mai tanto attuale 1974. Quanto alla Ricci, non ebbe bisogno di trasfigurazioni, perché Brodo la stava trasfigurando da decenni. E il pomeriggio finí cosí, un pomeriggio perfetto perché oltre agli sguardi e ai sorrisi non successe nulla.

Elisabetta Bathory ripeteva nel nome e nell'aspetto la sua famosa antenata, la terribile contessa responsabile delle torture e delle uccisioni di qualche centinaio di giovani donne, e per questo, dopo un clamoroso processo, condannata ad essere murata viva in una segreta del suo stesso castello. Nata nel 1560 da una delle piú antiche famiglie ungheresi, morta nel 1614, da un certo periodo in poi la contessa prese a nutrirsi quasi esclusivamente di sangue umano, convinta che il fluido della vita la rendesse immortale. In realtà, se non immortale, la mantenne giovane, perché tutte le testimonianze concordano sul fatto che, ancora negli ultimi anni, non ne dimostrasse piú di trenta. Un fenomeno che con il passare del tempo, cena dopo cena, sembrava interessare anche la sua discendente, come se le morti dei suoi compagni di classe le fornissero metaforicamente il sangue di cui aveva bisogno. In realtà queste morti, a eccezione del suicidio di Marta Ruffolo, erano avvenute dopo che tutti avevano superato la cinquantina (morte Crollalanza) ma perlopiú la sessantina: eppure, il sembiante della Bathory sembrava (sembrò già, sembrò sempre) immune dall'azione del tempo. Della sua vita non si sapeva nulla, né al liceo né dopo, negli anni. Non si sapeva chi erano e cosa facevano i suoi genitori, se avesse fratelli o sorelle, nemmeno dove abitasse, nulla. Si sapeva solo quello che si vedeva, e cioè che andava molto bene in tutte le materie, che si vestiva sempre di nero, che spesso questo nero era il colore di un vestito lungo e stretto che la fasciava dal collo alle caviglie, che era magrissima, che disdegnava le focaccine e le merendine ambite dagli altri, che non dava confidenza a nessuno, che non sorrideva quasi mai, tranne nelle occasioni in cui voleva esprimere una consapevole malinconia. Analogamente, finito il liceo, nessuno avrebbe potuto dire se si fosse iscritta all'università e per quale facoltà, se lavorasse e in che campo, se avesse una relazione, ancora e sempre il nulla. L'unica informazione venne da lei stessa, quando in occasione del primo censimento patologico (22 luglio 2019) riferí di una doppia mastectomia, lasciando a qualcuno il dubbio che volesse prenderli in giro, visto che anche prima del presunto intervento era piatta come una tavola. Come a cinquant'anni non ne dimostrava piú di trenta, ora che ne stava per compiere settantacinque ne dimostrava al massimo cinquanta: bastava questo a convincere i compagni della sua vittoria finale insieme a Rivadeneyra e a un terzo che sarebbe potuto essere Brodo come Semprini. La Ricci non veniva presa in considerazione per evidenti motivi; la Sancio per la sua opacità; la Migliavacca perché aveva dato piú di un segno di non tenere particolarmente al premio. Cosí, ci fossero stati ancora degli scommettitori, avrebbero puntato su quei tre-quattro nomi, ma gli scommettitori erano tutti morti, e il fatto che invece la loro vittima designata ai tempi della scuola fosse viva e vegeta era di per sé inquietante, o almeno lo era per la Migliavacca, dotata di un acume psicologico e di una capacità di osservazione superiori alla media. E il paradosso era che lei non sapeva, ma temeva, mentre la Ricci, che sapeva, non temeva, perché nel suo caso non ci voleva un grande acume per capire che Brodo avrebbe fatto tutto quello che a lei piacesse fargli fare.

Semprini voleva vincere per togliersi il desiderio, lui che aveva la casa straboccante di fumetti, di acquistare un bel po' di tavole originali dei maestri piú amati, da Elzie Crisler Segar a Bud Sagendorf, da George Herriman a Pat Sullivan, da Chester Gould ad Al Capp, da Hergé a Sydney Jordan, da Jacovitti a Magnus, eccetera. Aveva fatto delle ricerche, e scoperto che per ognuna delle loro tavole ci voleva una fortuna, nell'insieme giusto la somma che lo attendeva sul viale della sopravvivenza, grazie alle quote versate ogni anno dai suoi cari compagni. Sentiva, anche, che i personaggi di quelle storie facevano il tifo per lui e lo proteggevano da lontano, esattamente come lo proteggeva Gene Hackman. Su Hackman, ora che ne aveva rivisto tutti i film, era pronto a scrivere il libro che meditava da tempo, e che pur aspirando a dignità scientifica non sarebbe stato un saggio, bensí un romanzo (un romanzo-saggio) incentrato sugli ultimi momenti di vita dell'attore che, rimasto solo per l'improvvisa morte della moglie, aveva vagato per casa in stato confusionale per circa una settimana fra l'11 e il 18 febbraio 2025, data probabile della sua morte. Nel proprio testo Semprini avrebbe immaginato che tutti i principali personaggi interpretati da Hackman venissero a trovarlo e si trattenessero con lui nel corso di quella settimana parlando dei loro film in particolare e di cinema in generale, inscenando cosí una sorta di *pièce* teatrale in cui Hackman fosse, se non il critico di se stesso, la coscienza critica della propria filmografia. Un progetto ambizioso, dunque, ma il minimo dovuto a un uomo come quello. Semprini abitava in via California al 32; prima aveva abitato in via Valparaiso al 18; e prima ancora, con i genitori, in via dei Grimani all'1. Dopo il liceo si era iscritto a Lettere, laureandosi con il prof. Renato De Magistris con una tesi intitolata *Da Thackeray a Kubrick: il caso Barry Lyndon*. Conseguita una seconda laurea con una tesi su *Letterarietà del fumetto americano negli anni Trenta-Quaranta*, discussa con il prof. Luca Boschi, tentò inutilmente di vincere un dottorato. Senza troppi rimpianti si mise a lavorare, trafficando in fumetti usati e in cassette vhs che rivendeva alle fiere: piú che un lavoro un divertimento, che poté continuare a permettersi grazie alla discreta eredità lasciatagli dai genitori, scomparsi a breve distanza l'uno dall'altro quando non aveva ancora compiuto trent'anni. Donne, in questa sinossi, poche, pochissime, come se interferissero fastidiosamente con le sue due passioni; in altre parole, come se rappresentassero un mondo adulto che lo sfidava a uscire dal guscio infantile e programmaticamente regressivo in cui si era rintanato. A quel guscio aveva accesso un solo fantasma femminile, quello della Bathory, che Semprini amava segretamente di inconfessato amore per la semplice ragione che sembrava uscita, contemporaneamente, da un fumetto e da un film.

Alla cena del 22 luglio 2031 presero parte in otto (assente Podesta), perché la Mascolo si presentò come niente fosse. Musadino si era fatto vedere solo per un saluto e un brindisi, senza partecipare alla cena. Della De Cruce nessuna notizia. Subito, con l'irruenza dell'*hidalgo* che abitava in lui, Rivadeneyra punzecchiò la Mascolo, dicendole quanto tutti si fossero preoccupati non vedendola arrivare alla cena dell'anno prima e non avendo sue notizie. «Ma che cari!» sibilò lei, poi si intromise la Migliavacca per evitare il peggio. Brodo si era intenzionalmente seduto di fronte alla Ricci, cui lanciava languide occhiate: peccato per lui che a sinistra della Ricci ci fosse la Bathory, che era impossibile non guardare, almeno ogni tanto, situazione che indusse in lui un lieve ma fastidioso strabismo. Oltretutto lo innervosiva il ritorno della Mascolo, perché l'assenza dell'anno precedente lo aveva illuso circa l'efficacia dell'innesto dei linfonodi nella zucca, titolo di merito – agli occhi della Ricci – che ora veniva a mancare. Rivadeneyra, innervosito a sua volta per non aver potuto incalzare ulteriormente la Mascolo, si rifece proprio con Brodo, chiedendogli sgarbatamente come andasse il suo Parkinson. Brodo, che stava già perdendo il controllo del braccio destro, lo agitò teatralmente, poi si mise ad agitare anche il sinistro e infine la testa, col risultato di sembrare l'imitazione di uno zombie. Fortuna che intervenisse Semprini citando *La notte dei morti viventi* di Romero e lanciandosi poi in una disamina dello sterminato filone, suscitando l'attenzione e l'interesse di tutti ma in special modo della Bathory, con grande gelosia di Brodo che sull'argomento credeva, *in corpore suo*, di avere l'esclusiva. Mezz'ora piú tardi, quando in clima di rievocazioni qualcuno, forse la Sancio, gli chiese se si ricordava di quando in classe Piselli e gli altri gli tiravano i dadi, Brodo colse l'occasione per diffondersi a sua volta sulla storia del dado, dalla sua invenzione nel 1865 da parte del chimico tedesco Justus von Liebig alle modifiche apportate qualche anno dopo da Carl Heinrich Theodor Knorr fino alla cosiddetta variante elvetica, dovuta all'imprenditore svizzero Julius Maggi nell'anno 1900. Un quarto d'ora dopo, Brodo era arrivato al dado Star (1948), lanciato sul mercato dall'azienda appena fondata dal cav. Regolo Fossati, e avrebbe continuato se non lo avesse interrotto Semprini, che tornando alle origini celebrò le leggendarie figurine Liebig, stampate e distribuite a partire dal 1872, figurine, aggiunse, che in virtú delle loro didascalie potevano essere legittimamente considerate come una prima forma di fumetto, non essendo un caso che, nello stesso 1865 in cui von Liebig ricavava dall'estratto di carne il primo dado, il pittore e poeta tedesco Wilhelm Busch desse alle stampe le avventure disegnate di *Max und Moritz*, che non solo erano di fatto un fumetto ben piú di quanto lo fossero le figurine, ma che ispirarono Rudolph Dirks (un altro tedesco!), autore in America della primissima storia in cui comparissero i balloon, *The Katzenjammer Kids* (1897). Da notare, aggiunse Semprini, che sia i Kids di Dirks sia i due teppisti di Busch vennero tradotti in Italia come *Bibí e Bibò* (ma i secondi anche come *Pic e Puc*), con non pochi disguidi in fatto di filologia e di collezionismo. Qui volle inserirsi la Migliavacca, che non mancò di osservare come anche la parola «brodo» avesse a che fare con la Germania, derivando dall'alto tedesco *Brod*, che era poi anche il cognome di uno dei migliori amici di Kafka. Poi fu impossibile mettere ordine fra gli interventi che germinavano disordinatamente l'uno dall'altro, e che riguardarono fra le altre cose il brodo primordiale, il brodo di giuggiole, il brodetto nero degli spartani, e perfino un curioso libro uscito nel 1977 con il titolo *Lo scarafo nella brodazza*, opera di un umorista che era però anche un rinomato architetto: Mario Marenco (1933-2019). Alla parola «architetto» la Mascolo trasalí, ricordandosi di quando da ragazza ascoltava alla radio *Alto gradimento*, cosa di cui ora, sessant'anni dopo, si pentiva. Accorgendosene, Rivadeneyra indugiò un istante fra compassione e dileggio, poi, con fare pontificale, pose fine agli sproloqui sentenziando che non si sfugge al passato, perché non è dietro di noi ma dentro.

Luciana Migliavacca si era sposata due volte e due volte divorziata. Dal secondo matrimonio era nato un figlio che viveva a Londra e non vedeva mai. Gli era comunque grata per non aver fatto di lei una nonna, termine che le sembrava un sinonimo di mummia. Dal secondo divorzio viveva in una cascina vicino a Chiaravalle (località Sant'Arialdo), dove aveva trasferito anche il laboratorio in cui realizzava gioielli con ottone, argento e pietre dure. Quando non lavorava, e ormai lavorava molto meno di un tempo, leggeva, aveva sempre letto moltissimo, e non c'era dubbio che la sua lungimiranza e la sua serenità di giudizio le venissero dalla montagna di romanzi in cui la vita le sembrava piú vera e istruttiva della vita reale. In questo senso la riffa era per lei poco piú di una bizzarria da salotto, una di quelle *boutades* fra gentiluomini che diventano serie solo con il passare del tempo, come in certe storie di Kleist o di Conrad. A quella vicenda si sentiva abbastanza estranea, anche perché la riteneva una cosa tipicamente maschile: in questo senso non dubitava della vittoria di Rivadeneyra, Brodo e Semprini, fermo restando che, mentre il primo le sembrava un illustre residuo dei tempi antichi, come un generale uscito da una stampa ottocentesca, per gli altri due, di cui ben vedeva la mancata crescita, provava un affetto quasi materno. E poiché aveva l'occhio lungo, non le sfuggiva la sottomissione di Brodo alla Ricci e alla Bathory, che non prometteva nulla di buono.

Il 4 settembre 2031 la Migliavacca ricevette una telefonata dalla clinica Suor Angela Benincasa. Il cav. Giuseppe Podesta era deceduto una settimana prima all'età di novantasei anni, lasciando una situazione finanziaria disastrosa, tale da non poter piú coprire le spese per il ricovero e le cure della figlia. La Madre Superiora era al corrente di un fondo intestato a tutti i compagni di classe di Rita (non osò dire di piú), volevano provvedere loro? Preso tempo, la Migliavacca telefonò subito a Rivadeneyra, con il quale, ottenuto il consenso degli altri, giunse alla seguente decisione: Rita Podesta sarebbe stata trasferita nella cascina di Chiaravalle, dove la Migliavacca si sarebbe occupata di somministrarle le medicine; per la cura personale della degente, invece, sarebbe stata assunta una domestica (tutti, per istintiva repulsione, evitarono il termine «badante»). Rivadeneyra si sentí in obbligo di informare i compagni che, qualora la Podesta fosse arrivata nel terzetto finale, dalla sua vincita si sarebbe dovuta distrarre una cifra pari alle spese sostenute per lei, cifra destinata a essere divisa fra gli altri due vincitori, ma nessuno volle avvalersi di questa possibilità, anche perché nessuno credeva che la Podesta potesse arrivare fino in fondo, sicché, morendo lei anzitempo, non ci sarebbe stato modo di recuperare le spese. In cuor suo, Brodo si disse che forse era venuto il momento di affrettare la dipartita di quella sventurata, ma poi non ne ebbe il coraggio.

Vero era, comunicò Rivadeneyra una settimana piú tardi, dopo avere approfondito la questione con i propri avvocati, che la Podesta ereditava dal padre il 50% dell'imponente magione di viale Beatrice d'Este al 14, l'altro 50% spettando al fratello Gustavo, quello che non era salito sul Calcinculo delle ex Varesine il 7 marzo 1980. Sondato in merito all'eventualità di acquisire l'intera proprietà liquidando la co-erede, Gustavo, che verosimilmente aspettava solo la morte della sorella per insignorirsi gratis del restante 50%, addusse difficoltà finanziarie, facendosi anche forte del fatto che la sorella non era in grado di intendere e di volere e quindi, nel caso, di vendere. Sarebbe stata necessaria una procura, ma voleva vedere, aggiunse ghignando, quale giudice avrebbe concesso una procura a un compagno di classe anziché a un fratello. Informato di questi ultimi sviluppi, Brodo procedette immediatamente all'allestimento di una macumba ai danni di Gustavo Podesta. Non aveva nulla che appartenesse al soggetto, ma in compenso ottenne dalla Ricci, con la poco credibile scusa di tenere con sé qualcosa che gliela ricordasse, uno spillone appartenuto a sua nonna, che si vociferava fosse una mezza strega.

Sul piazzale antistante il sagrato dell'abbazia di Chiaravalle si tiene, la seconda domenica di maggio e di ottobre, una fiera del libro e del fumetto. Semprini la frequentava abitualmente, cosí fu naturale annunciare alla Migliavacca una visita per domenica 12 ottobre 2031. La Migliavacca pretese che si fermasse a pranzo, e cosí fu. Mentre spazzolava ogni bendidio preparato con amore e competenza dalla padrona di casa, Semprini aveva una strana sensazione. Gli sembrava infatti che la Podesta, seduta a tavola con loro come il convitato di pietra, fosse molto piú presente di quanto avesse creduto in base ai precedenti resoconti della Migliavacca. Certo, bisognava tagliarle a pezzettini la bistecca e qualche volta imboccarla, parlarle come si parla ai bambini, sorriderle in modo artefatto e convenzionale, ma dietro quello sguardo vitreo si intravedeva qualcosa di cosciente: addirittura, qualcosa di ironico. Gli venne in mente un film intitolato non a caso *Compagni di scuola*, dove uno di questi compagni si presentava a una riunione su una sedia a rotelle, simulando per tutta la sera le conseguenze di un gravissimo incidente stradale: e se anche la Podesta, magari non intenzionalmente, non dal primo momento, sí, se anche lei avesse scelto di esorcizzare il proprio dolore nella burla? Fu piú forte di lui provocarla, chiedendole a bruciapelo chi lui fosse. Lei rimase impassibile, quindi, articolando a fatica la voce, disse che era B'odo, B'odo. Poi dopo qualche istante, dopo essersi mordicchiata il labbro inferiore, disse che era Semp'ini, Semp'ini. Cosí, con la massima economia, gli aveva dato una doppia versione di sé, quella assente e quella presente. Ma ormai Semprini voleva andare fino in fondo, nonostante la Migliavacca cercasse di dissuaderlo lanciandogli sguardi disperati. Chiese dunque alla Podesta se sapesse cosa fosse la riffa; la risposta fu che era la te'za A, te'za A. E alla domanda su come funzionasse, la risposta fu che si mo'iva, tutti si mo'iva. E siccome in senso assoluto era vero, Semprini si arrese, e gli passò l'appetito.

A partire dal 22 luglio 1975 fino al 22 luglio 2020 tutte le cene della III A si svolsero al ristorante «Calafuria Unione» in via dell'Unione all'8, a due passi da piazza del Duomo. Il titolare (che riservava loro una saletta semiprivata), i camerieri (Vittorio, Sabino, Angelo), i cuochi li conoscevano tutti, li chiamavano per nome, entravano di tanto in tanto nella conversazione («E 'sto Milan, eh, 'sto Milan?» diceva Vittorio a Brodo o a Semprini). Beninteso non sapevano nulla della riffa, e bastava un'occhiata di Rivadeneyra per zittire qualche incauto. La sera del 22 luglio 2020, al momento dei liquori, Vittorio e Sabino annunciarono la notizia ferale: il ristorante chiudeva, l'anziano proprietario stava concludendo la vendita. Scorsero lacrime, perché quel posto era diventato per tutti loro l'aula della I, II e III A, l'aveva sussunta, creando in loro l'illusione che il tempo non fosse passato e dovessero ancora sostenere l'esame di Maturità. Di quel ristorante amavano soprattutto lo stile vecchiotto, la *boiserie*, l'arredamento senza pretese, un'età media degli avventori che si aggirava intorno ai sessant'anni, e che loro stessi avevano contribuito nel tempo a elevare. Amavano il menu, un menu d'altri tempi, semplice, rigoroso, risotto con l'ossobuco, tagliatelle al ragú, cotoletta alla milanese, *paillard*, trippa, patate al forno o fritte, fagioli all'uccelletto, insalata, vino della casa, poche storie e via, senza le orrende millanterie dei nuovi tempi, senza schermi, senza musica. Uno dei pochi posti dove si poteva ancora trovare il rognone trifolato, quello autentico che effonde quel buon aroma di piscio animale. Orfani di tanto bene, i membri della classe andarono in ricognizione, alla ricerca di un impossibile sostituto. Dopo lunga escussione delle candidature si risolsero non senza perplessità per un locale in via ***, il cui titolare ha chiesto espressamente che non ne fosse divulgato né il nome né l'indirizzo. Durante quelle nuove cene, quando qualcuno per darsi coraggio elogiava un piatto, c'era sempre qualcun altro che commentava che certo non era il «Calafuria», e ancora qualche occhio si inumidiva. E una notte Rivadeneyra si svegliò di colpo, e si diede una pacca sulla fronte, perché sognando, o nel momento stesso del risveglio, si era reso conto che con la cifra accumulata negli anni quota su quota e interesse su interesse se lo sarebbero potuti comperare loro, il «Calafuria», avanzando abbastanza denaro per continuare a dare un senso alla riffa.

La sera del 22 luglio 2032, in occasione della cena numero 58, la Migliavacca si presentò a sorpresa con la Podesta, accomodata su una sedia a rotelle noleggiata per l'occasione. La piazzarono, naturalmente, accanto alla Ricci. Erano dunque in nove, soglia che resisteva da quasi tre anni, dalla morte di Riccadonna. A questo proposito fioccarono presto le battute, ciascuno vedendo in ogni altro un irriducibile vegliardo. Semprini, come sempre, citò un film, per la precisione *C'eravamo tanto amati*, di Ettore Scola, dove un devastato Aldo Fabrizi provoca il genero, che aspetta solo di ereditare, dicendo: «E io nun moro! Hai capito? Nun moro! Nun moro!» A quel punto Rivadeneyra, il cui umore si era guastato non appena vista la Mascolo, chiese chi fra loro avesse letto la *Recherche* di Proust, nell'originale o in traduzione. Tranne la Podesta, il cui stato catatonico faceva pentire la Migliavacca di averla portata, tutti alzarono la mano, anche se la Sancio e Brodo ammisero di aver letto solo il primo volume. Senza guardare la Mascolo, Rivadeneyra proseguí invitandoli alla lettura o rilettura del sesto volume, intitolato *Albertine disparue* ma anche, per una questione di testimoni autografi, *La fugitive*, facendo però notare, come alcuni di loro già sapevano, che questa Albertine era destinata ad essere *retrouvée*, come il tempo. Proseguí quindi dicendo che nella letteratura ce n'erano altri che avevano cercato di scomparire ma a cui non era andata tanto bene, come per esempio quel Mattia Pascal che certo tutti loro ricordavano. La Mascolo seguitava a fingere indifferenza, mentre gli altri tacevano chiedendosi se fosse una buona tattica quella di far sapere al nemico che si conoscono i suoi piani; insomma, per un bel po' fu una cena penosa, tirata avanti a strappi. Poi ci pensò Semprini a distrarli, con l'esposizione delle linee principali del suo romanzo-saggio su Gene Hackman. La Migliavacca gli chiese se un'operazione del genere, tutta interna al mondo di Gene Hackman e dei suoi personaggi, non fosse un esercizio di tautologia: Semprini rispose che, al di là del suo valore di omaggio, un libro come il suo avrebbe sviscerato, evidenziandola, l'hackmanità o hackmanianità di tutti quei personaggi, che inizialmente non inventati da Hackman, ma dagli autori e dagli sceneggiatori, erano poi diventati interamente suoi come se lui li avesse reinventati dal loro interno, ed ecco quindi che un simile libro avrebbe avuto un suo preciso senso e un suo preciso posto nella bibliografia critica promuovendo Gene Hackman da attore ad autore-attore, per non dire, giusta la libertà di alcune sue interpretazioni, autore-regista-attore. Meditava anche, proseguí, di corredare il libro con un'appendice di testimonianze di alcuni illustri registi che avevano lavorato con lui, come Arthur Penn, John Frankenheimer, John Sturges, William Friedkin, Jerry Schatzberg, Francis Ford Coppola, Stanley Kramer, Nicolas Roeg, Sidney Lumet, Woody Allen, Clint Eastwood, Sydney Pollack, Walter Hill, Sam Raimi, Lawrence Kasdan, Tony Scott, David Mamet e altri ancora, testimonianze che avrebbero confermato e avvalorato le sue tesi. A questo punto Brodo, invidioso di tanta loquela, fece notare che Gene Hackman non aveva mai lavorato con Sergio Leone, spingendo Semprini, vieppiú accalorato, a dire che semmai era il contrario, e cioè che era Sergio Leone a non aver mai lavorato con Gene Hackman, e che in ogni caso ci aveva pensato l'attore-simbolo di Leone, Clint Eastwood, a rimettere le cose a posto con *Gli Spietati* e con *Potere assoluto*. Per dare un taglio alla *querelle* si intromise Rivadeneyra, dicendo che se avesse vinto Semprini sapevano già a chi avrebbe dedicato il premio, e che lo sapevano anche se avesse vinto Brodo. Quindi, per timore che quei due ricominciassero, sfruttò il silenzio che si era creato per domandare agli altri a chi eventualmente avrebbero dedicato la propria vittoria. A tutti i compagni morti, disse senza pensarci un istante la Migliavacca. Brodo le chiese polemicamente se fossero inclusi anche i piú bastardi, e lei confermò. Rivadeneyra guardò la Sancio, che prima aggrottò la fronte nell'atto di chi si concentra, poi scosse la testa dicendo che non ne aveva idea, aprendo in questo modo la via alle altre tre donne, che pure elusero la risposta. A quel punto si sentí esentato lo stesso Rivadeneyra, e Brodo e Semprini si guardarono in faccia come se fossero stati presi in giro; allora il secondo si avvicinò al primo dicendogli sottovoce qualcosa, il primo annuí e disse qualcosa anche lui sottovoce, quindi rivolgendosi a tutti Semprini disse che fra loro due avevano deciso, visto che gli altri avevano lasciato loro tanto spazio, di condividere un'altra dedica, e questa dedica sarebbe andata alla squadra di calcio del Milan, che sempre era stata nei loro cuori e sempre lo sarebbe stata. E tutti applaudirono, anche chi come Rivadeneyra era un criptojuventino.

Il 23 settembre 2032, all'età di settantasette anni e centosessantun giorni, Rossella Sancio fu stroncata da una brutta malattia, del cui insorgere, sei mesi prima, si era confidata solo con la Migliavacca. I funerali si svolsero nella cappella Dio Padre di via Saldini. Dei compagni della III A mancavano la Podesta e la Mascolo. Tolta la Podesta, che non pensò, e la Migliavacca, che non volle pensare, gli altri pensarono: «Ancora sette», perché nessuno si incluse nel mazzo.

Il caso della Mascolo era particolare. Rivadeneyra aveva colto nel segno, sospettando che a un certo momento avrebbe fatto perdere le sue tracce, costringendoli a sospenderne la dichiarazione di morte per un decennio, lasso di tempo che di anno in anno diventava sempre piú problematico. La Mascolo, questo Rivadeneyra non poteva saperlo, era messa molto peggio di quanto avesse rivelato fino a quel momento, perché in effetti i linfonodi pericolosi, Brodo o non Brodo, si erano ultimamente moltiplicati. In quel periodo si stava sottoponendo a una serie di esami che avrebbero dovuto stabilire l'affezione virale (*Citomegalovirus*) o tumorale dei linfonodi, quindi, in attesa del responso, si teneva pronta a partire nell'eventualità peggiore; o a rimanere, aspettando la morte degli altri concorrenti, nell'eventualità migliore. Teneva, come si suol dire, il piede in due scarpe, e non voleva anticipare senza motivo la partenza cosí come non voleva rischiare di morire in flagranza lí a Milano. A buon conto, si era organizzata in modo da poter prendere il volo in qualsiasi momento. Aveva ritirato tutti i propri risparmi e acquistato un biglietto aperto per Cancún, nello Stato di Quintana Roo in Messico. Quei due insopportabili cianciavano tanto di cinema: bene, lei si sarebbe attenuta al principio enunciato da Robert De Niro in un film di cui non ricordava il titolo né il regista, ricordava solo che c'erano anche Al Pacino e Val Kilmer, e quel principio era non legarsi mai a una persona o a un luogo che non puoi abbandonare in trenta secondi netti, non uno di piú.

Elisabetta Bathory approfittò del funerale della Sancio per comunicare ai compagni che di lí a poco sarebbe partita per un viaggio nelle terre che erano appartenute alla sua famiglia, un tempo in Ungheria e allora in Slovacchia. Là, nell'antica cittadina di Csejte, ridenominata Čachtice, sorgeva il castello preferito dalla sua ava, la terribile Erzsébet, e là vivevano i suoi ultimi discendenti, che l'avevano appunto invitata prima che fosse troppo tardi. Li aveva conosciuti sessant'anni prima, nell'estate fra la II e la III liceo, e li ricordava, disse, come «persone gentili». Nell'udire questa espressione Semprini, che aveva visto qualche migliaio di film horror, sentí un brivido su per la schiena, mentre Rivadeneyra, piú pratico, constatò con preoccupazione la longevità di quella stirpe.

Quanto a Brodo, l'idea della Bathory negli immensi saloni di quel castello lo eccitò talmente che gli partí il braccio, e siccome stava spingendo la sedia a rotelle della Ricci e non voleva tradirsi, cambiò mano e spinse con la sinistra. E intanto pensava che fosse venuto il momento, adesso che la Bathory sarebbe stata via per un bel po', a quanto aveva capito non meno di due mesi, di far salire di livello il suo rapporto con la Ricci, e a questo fine conosceva solo un mezzo: dichiararsi formalmente suo schiavo. Aveva letto, moltissimi anni prima, un romanzo autobiografico in cui il narratore aveva sottoscritto un contratto vero e proprio, con tanto di clausole e codicilli, con la sua fidanzata, impegnandola a trattarlo in tutto e per tutto come uno schiavo e possibilmente sottoponendolo a dure sessioni di fustigazione. Quel libro si intitolava *Venere in pelliccia*, e lo aveva scritto un autore austriaco di nome Leopold von Sacher-Masoch. Brodo ricordava che al tempo di quella lettura la vicenda gli era parsa comica e surreale, comunque non credibile: ora invece, dopo avere attraversato tutti i continenti della pornografia, dopo avere sperimentato mentalmente ogni tipo di fantasia, ogni situazione possibile, ogni combinazione, quel contratto gli pareva una buona cosa. Stesse alla Ricci decidere cosa fargli fare, come trattarlo: a lui bastava quella definizione, «schiavo», per sciogliersi di voluttà.

Passando tanto tempo insieme alla Podesta, la Migliavacca si era accorta di uno strano fenomeno. La sua compagna sembrava avulsa dal mondo, non ricordava nulla della propria famiglia, non capiva nemmeno molte delle frasi o delle singole parole che le venivano rivolte. Invece, quando si trattava della III A, recuperava di colpo informazioni precise, come se l'universo si fosse ridotto a quella minima, microscopica entità. Me'candalli, il cuo'e, disse un giorno, emergendo dal suo abituale stato comatoso. La Migliavacca la fissò impietrita. L'altra aggiunse farfugliando che due erano morti per lo scoppio di un aneurisma, uno d'infarto, e sei di una brutta malattia, piú tre suicidi, e due incidenti mortali che però erano lo stesso incidente, e cinque ammazzati. Non poteva essere, ma era, come se quella mente devastata avesse tenuto un registro. La Migliavacca fece mente locale: no, mentre la Podesta era ricoverata nessuno le aveva mai specificato le cause di quelle morti, né tantomeno lei dopo il trasferimento a Chiaravalle. Non solo, ma in alcuni casi le famiglie non avevano rivelato la causa del decesso, ricorrendo a formule eufemistiche come «la crudeltà del destino». Ma la cosa piú stupefacente era che, rifacendo i conti che evidentemente la Podesta già aveva fatto, la morte di Mentasti non veniva rubricata a parte in quanto dovuta all'abuso di droghe, com'era emerso, ma a un altro omicidio, portando il numero delle esecuzioni degli scommettitori a quattro su quattro: Piselli, Ridolfi, Testaviva, e appunto Mentasti. Uno di questi delitti era opera di Christian Ragusa, ma gli altri? Deglutí, trasse un profondo respiro, poi lo chiese alla Podesta, che senza la minima esitazione fece il nome di B'odo.

L'esito degli esami fu confortante, per cui la Mascolo rinviò la partenza: alla cena del 2033 li avrebbe costernati tutti con il suo aspetto tonico e pimpante. Per il Messico ci sarebbe stato tempo, tanto piú che qualche sera prima aveva sognato di essere uccisa da un messicano, cosa non grave, perché se fosse stata in Messico voleva dire che aveva comunque i giorni o al massimo i mesi contati, con la soddisfazione, però, di bloccare la macchina di Rivadeneyra per dieci anni. Cosí pensava alla riffa, come a una cosa di Rivadeneyra. Alle 18.25 del 24 dicembre 2032, in viale Tibaldi, dov'era scesa precipitosamente per acquistare *in extremis* un regalo per la sua nipotina, Anna Mascolo venne investita da un rider che stava effettuando una consegna a domicilio, e che per la fretta, volendo superare a destra un suv, era salito sul marciapiede. Spaccandosi, il portavivande liberò al suolo una discreta quantità di *tacos* e di *fajitas*. L'investitore si chiamava Héctor Moreno Diaz, ed era nato l'8 luglio 2003 a Oaxaca de Juàrez, Stato di Oaxaca, Messico.

I funerali si svolsero nella chiesa dei Santi Quattro Evangelisti di via Pezzotti. Tranne la Bathory, i compagni della III A c'erano tutti. Rivadeneyra non poteva nascondere il proprio sollievo. Brodo non capiva perché la Migliavacca continuasse a guardarlo.

Cosí erano rimasti in sette, quattro femmine e tre maschi, cinque sulle proprie gambe e due sulla sedia a rotelle, sei a Milano e una nei Carpazi.

Quando Brodo le ebbe comunicato il desiderio di diventare il suo schiavo, la Ricci non fece una piega. Anzi disse che si aspettava una cosa del genere: e accettò. Brodo fu non poco turbato dal fatto che lei non si fosse turbata, poi si riprese e andò dritto alla questione del contratto. Anche in questo caso lei non parve sorpresa. Cosí prima ne discussero a voce, poi Brodo mise tutto nero su bianco e firmarono entrambi. L'accordo incominciava cosí:

Scrittura privata
fra la signora Lola Ricci, d'ora in avanti denominata
LA PADRONA
e il signor Luca Brodo, d'ora in avanti denominato
LO SCHIAVO

e formalizzava l'incondizionata disponibilità dello schiavo ad accontentare la padrona in qualsiasi sua richiesta, ordine o capriccio nei modi e nei tempi da lei stabiliti, senza la possibilità per lo schiavo di sciogliersi unilateralmente dall'impegno sottoscritto con il tale accordo, che si intendeva a tempo indeterminato. Era altresí previsto che lo schiavo, che avrebbe continuato a risiedere nella propria abitazione di via Maestri Campionesi 40, si recasse nel minor tempo possibile nell'abitazione della padrona, sita in via Salasco 10, ogniqualvolta ella glielo ordinasse. Una clausola specifica, firmata a parte, escludeva nel modo piú categorico che lo schiavo potesse lagnarsi, presso l'autorità costituita o presso terzi, degli eventuali danni fisici, morali ed economici subíti in conseguenza del proprio servigio. Un'altra clausola, voluta per correttezza dalla Ricci, escludeva la possibilità che il rapporto fra la padrona e lo schiavo interferisse negli sviluppi della competizione denominata LA RIFFA.

«Ci sarebbe un'altra cosa», disse timidamente Brodo dopo aver letto ad alta voce il documento, ma anche questa volta la Ricci non si sorprese né, come Brodo aveva preventivato, si risentí. Si trattava, nientemeno, della possibilità che in futuro, e sempre dietro beneplacito da parte della padrona, lo schiavo estendesse la propria sottomissione a Elisabetta Bathory, o separatamente o congiuntamente. Ridendo, la Ricci accettò che quella possibilità fosse oggetto di un'ulteriore clausola. Conclusa l'operazione, si poteva incominciare. Per prima cosa la padrona ordinò allo schiavo di pulire i pavimenti con la scopa elettrica e con lo straccio. Deluso, delusissimo lo schiavo si mise al lavoro, dicendosi che forse era giusto che la sua sottomissione incominciasse proprio col non essere sottomesso nel senso che intendeva lui. Terminata la *corvée*, la padrona lo mandò a fare la spesa, per la quale gli dettò una lista articolata in trentaquattro voci. Tornato dopo un'ora, stracarico e ansante, lo schiavo dovette allogare gli acquisti nel frigorifero e nei pensili, quindi, senza una parola di piú, venne congedato e rispedito alla sua abitazione in attesa di nuovi ordini.

Lothar Semprini pensava a Gene Hackman, solo, confuso, perso, dov'era in quei giorni la sua mente, nei suoi film, nella sua storia, o nel nulla? Chi era con lui in quei giorni di febbraio, un angelo, un demone? Il 30 gennaio 2025 aveva compiuto novantacinque anni, avesse partecipato a una riffa come la loro probabilmente avrebbe vinto, sarebbe stata come un altro Oscar, invece era lí, solo, in quella villa di Santa Fe nel New Mexico, passeggiava solo, avanti e indietro, era Gene Hackman ma non lo sapeva, Eugene Allen Hackman detto Gene, nato il 30 gennaio 1930 a San Bernardino a est di Los Angeles, Stato della California, Stati Uniti d'America, era Gene Hackman, un uomo di una caratura tale che quando l'astronomo Roy A. Tucker, direttore dell'Osservatorio Goodricke-Pigott di Tucson, Arizona, scoprí un nuovo asteroide (era il 22 settembre 2001, l'anno di Kubrick), non esitò a dedicarglielo, battezzandolo *55397 Hackman*, e quell'asteroide era lassú ma lui non se lo ricordava, non ricordava nulla, se ricordava qualcosa erano i suoi personaggi, erano tutti lí davanti a lui e lui era dentro di loro, ricordava anche i personaggi che non aveva voluto interpretare avendo poi modo di pentirsene, uno era lo sceriffo Will Teasle di *Rambo*, e l'altro era il Randle McMurphy di *Qualcuno volò sul nido del cuculo*, ecco, quei due li avrebbe fatti davvero bene, in passato aveva provato a calarsi nei loro panni sostituendosi mentalmente a Brian Dennehy e a Jack Nicholson, bravissimi, certo, ma lui avrebbe potuto far meglio, rifiutare quelle parti era stato un grosso sbaglio ma nessuno è perfetto, se è per questo lui, Semprini, avrebbe assegnato ad Hackman tutti i ruoli interpretati da Robert Shaw (Gene Hackman che aggancia allo squalo galleggianti gialli!) e molti ruoli di Jason Robards, di Richard Harris, di Rod Steiger, di Richard Crenna, di Roy Scheider, di James Caan, di Robert Redford (i meno melensi), di Tommy Lee Jones, di Nick Nolte, di Robert Duvall, di Kevin Costner, di Jeff Bridges, di Gary Sinise, di James Gandolfini, di Ed Harris, di Liam Neeson, di Michael Douglas e perfino di Robert De Niro e di Marlon Brando, almeno per quanto riguarda Kurtz.

Pensando al viaggio della Bathory, Rivadeneyra si disse che anche lui sarebbe potuto andare a omaggiare la terra dei propri avi: peccato che fin dal XVIII secolo ci fosse un contenzioso dinastico, per cui un ramo della famiglia vantava origini castigliane mentre un altro ramo, meno ricco e potente ma filologicamente piú attrezzato, collocava quelle origini in Galizia. Senza un particolare motivo, o forse per snobismo, lui aveva sempre fatto il tifo per la Galizia, eppure non c'era mai stato, nemmeno per vedere Santiago de Compostela: ma aveva senso andarci adesso, all'età di settantotto anni? Sí, perché finché era in forze poteva; no, perché certe cose vanno fatte un po' prima. Ma prima quando, a vent'anni, a quaranta? Chi lo stabiliva? In ogni caso, la sola ipotesi di quel viaggio lo agitava: e se si fosse stancato troppo, esponendo il suo organismo a qualche virus o batterio? Se l'aereo fosse precipitato? Se lo avessero rapinato, lasciandolo sull'asfalto con la testa spaccata, sotto una pioggerella sottile? Sarebbe stato un peccato, a cosí poco dalla vittoria... Di questo era persuaso, avrebbe vinto perché lo voleva fermamente, perché la riffa era una cosa sua, perché... perché sí. Gli altri, invece... la Migliavacca non poteva vincere perché non lo voleva, mai l'aveva voluto, presto il suo inconscio avrebbe ordinato alle sue cellule di disgregarsi, la Podesta poi era una larva, senza la Migliavacca si sarebbe spenta anche lei, come la fiammellina di una candela, quando lo stoppino annega nella cera liquida, la Ricci anche non sarebbe andata lontano, immobilizzata com'era avrebbe perso ogni residua massa muscolare, sarebbe stata mangiata viva dalle piaghe da decubito, via, via, chi restava? Restavano quei due, e la Bathory, quindi erano in quattro, ancora uno di troppo. Ma la Bathory aveva detto, nei conciliaboli tenuti alla pasticceria «Cova» nel 2029, che in caso di vittoria avrebbe votato per proseguire a oltranza finché si arrivasse a un vincitore unico, quindi a lui, elettrizzato da quella prospettiva, conveniva che lei rimanesse in gioco. Se ne concludeva che uno fra Brodo e Semprini doveva togliere il disturbo, quale dei due a lui non faceva differenza. Purché si sbrigassero, pensò, ma temeva che ormai sarebbero arrivati tutti agli ottant'anni. In fondo, proseguí nei suoi pensieri, ottant'anni non erano piú un'età da vegliardi, la vita si era allungata per tutti (almeno in Occidente), e sempre piú spesso si sentiva di qualcuno che era diventato centenario: il critico d'arte Gillo Dorfles, addirittura, era morto a centosette anni, e quasi stava toccando i centootto! Ma allora, perché nella loro classe c'era stato un tasso di mortalità cosí alto? All'età di settantotto anni erano rimasti in sette, il che, al netto di buonuscite ed espulsioni, faceva venti morti, un'enormità! Superstizioso com'era non voleva ammetterlo, ma doveva: la spiegazione poteva stare solo nella riffa, che in qualche misterioso modo li aveva indeboliti, stremati: *consumati*. Si sedette alla sua scrivania francese in palissandro, prese carta e penna e ricapitolò.

Morti di malattia (aneurisma e infarto compresi): 9
morti per droga: 1 (cosí infatti si credeva di Mentasti)
morti per incidente: 3
suicidi: 3
omicidi: 4
buonuscite: 2
espulsi: 1
totale: 23

In effetti i casi di cattiva salute erano solo dieci, forse la III A non era poi cosí marcia. Semmai davano da pensare i casi di morte violenta, sempre dieci: era normale che in sette-otto anni, dal frontale in Umbria all'investimento della Mascolo, fossero morte nove persone? Ma bastavano gli omicidi, quattro in tre anni! Se non marcia doveva essere maledetta, una classe cosí. Improvvisamente, gli venne in mente Marta Ruffolo: e se fosse stata lei, a maledirli? Si era suicidata nel 1986, nessuno aveva mai saputo perché. Ma a questo punto non si poteva escludere che avesse dei buoni motivi per nutrire il rancore di cui una maledizione di quella portata aveva bisogno. Qualcuno dei suoi compagni le aveva fatto qualcosa di tremendo? L'aveva stuprata, umiliata? Le aveva ucciso un amante, un congiunto? Ma chi, poi? Il clan degli scommettitori? Smanioso di condividere la propria agitazione, Rivadeneyra telefonò alla Migliavacca, esponendole la materia. La Migliavacca rimase in silenzio, poi gli disse che lo avrebbe richiamato. Interrogò quindi la Podesta, chiedendo se si ricordasse di una compagna di classe che si chiamava Ruffolo: sí, se ne ricordava, cosí come il fatto che si fosse suicidata coi ba'bitu'ici; richiesta del motivo, rispose che era disperata, perché innamorata di un ragazzo che non era innamorato di lei, e al quale non l'aveva nemmeno detto, e questo dalla IV ginnasio, e quel ragazzo si chiamava Lo'enzo 'ivadeney'a. Questo biascicò.

Semprini non si dava pace per il fatto che Gene Hackman avesse rifiutato il ruolo di Randle McMurphy. Si era documentato, scoprendo che i diritti per la trasposizione cinematografica di *Qualcuno volò sul nido del cuculo*, un romanzo semi-autobiografico pubblicato da Ken Kesey nel 1962, erano stati acquisiti nel 1972 da Kirk Douglas, intenzionato a interpretare il protagonista. Douglas aveva cinquantasei anni, età che il figlio Michael, allora ventottenne, riteneva troppo alta per quella parte. In realtà nel dissuadere il padre il figlio aveva un secondo fine, essere lui McMurphy. Il padre acconsentí a rinunciare, ma si oppose all'idea di essere sostituito dal figlio: cosí, in virtú di un doppio veto incrociato, si dovette pensare a qualcun altro. La scelta cadde inizialmente su James Caan, che rifiutò. A quel punto i due Douglas si misero ognuno per conto proprio alla ricerca di un nome, contattando l'uno all'insaputa dell'altro Burt Reynolds e Gene Hackman. Non si è mai saputo chi avesse contattato chi: verrebbe da pensare che Hackman fosse stato contattato dal piú esperto Kirk e Reynolds dal meno esperto Michael, sta di fatto che quando Hackman scoprí di essere l'alternativa di Reynolds rifiutò senza nemmeno dare uno sguardo alla sceneggiatura. Ecco, su questa serie di equivoci si tormentava Semprini. C'era un altro ruolo che il suo idolo aveva rifiutato, ma in questo caso Semprini non solo non soffriva ma anzi approvava. Si trattava della parte di Hannibal Lecter nel *Silenzio degli innocenti*, un film che non lo aveva mai entusiasmato e che secondo lui era adattissimo a ruotare attorno agli occhi acquosi di un attore sopravvalutato come Anthony Hopkins.

Brodo si era imposto di affrontare la questione con onestà. Lui e la Ricci avevano settantasette anni: era decente, era serio, era credibile un rapporto come il loro, un rapporto che presupponeva una forte sensualità? Già ragionare in termini di sensualità era un eufemismo al ribasso, erotismo doveva essere, eccitazione rovente, malizia, violenza psichica ma anche un po' fisica, plagio, umiliazione, espiazione, una guerra, un turgore di nervi, corpi cavernosi che si allagano e fluidi che scorrono, il tutto però stilizzato come in un balletto, maggiore l'oltranza piú alto lo stile, i corpi però dovevano obbedire, rispondere alle sollecitazioni, essere adatti alla parte, la pelle liscia, la peluria morbida e sottile, i ventri tesi, frementi, e invece... Lui vivendo di fantasie pornografiche non si era mai preoccupato del proprio corpo, lui era uno sguardo, un punto di vista, e se entrava nello spettacolo era in forma d'altri, quasi sempre di altre, e a differenza degli altri maschi che si eccitavano (cosí aveva capito dai loro discorsi, dalle loro manovre nelle buie sale dei cinema) identificandosi negli attori che abusavano delle attrici sottomettendole, lui si era sempre eccitato identificandosi con la vittima, dunque quanto a corpo aveva tutte le carte in regola, quelle gambe, quel culo, quelle tette erano sussunte in lui, diventavano attributi suoi; adesso invece aveva a che fare con una donna vera,

vera nel senso che *lui* doveva essere vero, non potendo identificarsi in lei perché a differenza di quelle attrici non era pervia, non era un alloggio cavo dove entrare per identificarsi, finalmente era un corpo, e allora era questa la sfida, affrontare quel corpo non come un punto d'arrivo ma come uno schermo virtuale, una porta magica che lo immettesse in un regno convenzionale in cui i corpi, per definizione, sono giovani: e questa alchimia, per come la vedeva, era possibile solo in un modo: persuadersi che la padrona fosse ancora la sua compagna di classe in I, II o III A. Che fosse in grado di vincere questa sfida non era da dubitarsi: il difficile era far sí che la cosa fosse reciproca, ma forse, sperava, forse la facilità con cui lei aveva accettato di sottoscrivere quel contratto era già una prova; d'altronde, non bastava il solo *flatus* «padrona» a creare una dimensione irriducibile alla cosiddetta realtà? E anche lui, in quanto schiavo (non uno dei tanti, ma «lo» schiavo), non era già stato promosso a un ruolo che evidentemente gli si addiceva? Almanaccamenti, questi, cui Brodo indulgeva non per altro che nell'eventualità, piuttosto probabile, che prima o poi la padrona gli desse ordini di natura sessuale, anche solo in termini voyeuristico-esibizionistici: perché fin che si trattava di farle la spesa o pulirle la casa poteva ben avere gli anni che aveva. La Ricci, dal canto suo, aveva preso quell'impegno molto sportivamente, senza curarsi troppo del controllo: avrebbe lasciato, finché si divertisse, che le cose andassero dove sarebbe capitato che andassero. Brodo in effetti la divertiva molto, indecifrabile com'era. La divertiva, in particolare, l'aria di mistero che lui si dava lasciando intendere di essere un mezzo mago, capace di leggere le carte e spargere il malocchio: vero è però che lo aveva anche visto versare una polverina bianca nel bicchiere di Mentasti, non uno qualsiasi ma uno di quelli che al liceo lo tormentavano tirandogli i dadi in testa, Mentasti morto quella notte stessa cosí come nove anni dopo sarebbero morti Piselli e Ridolfi, altri due che erano in cima alle antipatie di Brodo, sí, proprio un bel tipino, Brodo, uno che metteva lo stesso grado di fanatismo nell'odiare i nemici come nel dichiararsi schiavo. In ogni caso doveva ammettere che quella forma di fissazione la lusingava, in fondo su quindici compagne di classe era stata lei ad essere eletta padrona, anche se era abbastanza intelligente da mettere in conto che un ruolo, non sapeva quanto decisivo, era stato giocato dalla propria infermità, che dava all'intera faccenda un carattere morboso per non dire patologico, quello che lei aveva intravisto una volta che lui le aveva parlato con trasporto della mutilazione di Catherine Deneuve nel film *Tristana* diretto da Luis Buñuel. Quello che non indovinava, era quanta importanza avesse avuto la cromatura delle parti metalliche della sua sedia a rotelle, una cromatura di per sé erotica come nelle automobili americane degli anni Cinquanta e Sessanta, fenomeno che avrebbe potuto spiegarle un intenditore come Semprini citandole film come *American Graffiti* o *Grease*, o tenendole una conferenza sulla pregnanza delle protesi metalliche nel cinema del grande regista canadese David Cronenberg.

Il quale Semprini aveva appena fatto una scoperta che lo aveva gettato nella costernazione. Nel 1975, lo stesso anno di *Qualcuno volò sul nido del cuculo*, Hackman aveva recitato in uno dei pochi film brillanti della sua carriera, *In tre sul Lucky Lady*, diretto da Stanley Donen: co-protagonisti, Liza Minnelli e… incredibile ma vero… Burt Reynolds! Evidentemente, si disse Semprini, Hackman non poteva accettare di essere un'alternativa a Reynolds, ma poteva lavorare al suo fianco, anche perché in questo modo la diversa statura dei due veniva impietosamente visualizzata, considerazione meschina che Semprini era sicuro non essere passata per la mente di Hackman ma che era un dato di fatto. Anzi forse Hackman si sarà ricordato del film di John Boorman *Un tranquillo weekend di paura*, dove Reynolds aveva avuto la parte piú memorabile della sua carriera, e avrà detto va bene facciamo

’sto film. E forse, in via subliminale, il nome proprio del regista, Stanley, lo predispose positivamente, visto che in quegli stessi giorni stava uscendo *Barry Lyndon*. Il mancato incontro fra Kubrick e Hackman (cosí come quello fra Peckinpah e Hackman, Altman e Hackman, Carpenter e Hackman, De Palma e Hackman, Scorsese e Hackman, Stone e Hackman, Fincher e Hackman) era uno dei grandi crucci di Semprini, che non condividendo il principio hegeliano per cui solo ciò che è reale è razionale (e viceversa) non sapeva rassegnarsi ai fatti compiuti, e concepiva l’opera critico-filologica in termini prevalentemente ipotetico-ottativi, in un contesto storiografico fatto di se e di ma e di rimpianti e di proteste e di riscritture o sovrascritture, e questa *forma mentis* lo tormentava anche in materia sportiva, segnatamente calcistica, per cui ancora decenni dopo i fatti recriminava su un palo o su un rigore non dato o su un fuorigioco millimetrico visto o non visto eccetera. Stante la sua fede, non sarà difficile capire perché, in proposito, fosse perseguitato da una certa data, il 25 maggio del 2005.

Luciana Migliavacca si dibatteva senza risolversi: dirglielo, o non dirglielo? Dirglielo avrebbe significato infliggergli un senso di colpa, senza peraltro giovare alla povera Marta. Non dirglielo, però, sarebbe stata una forma di tradimento nei confronti di quella poveretta, un ulteriore oltraggio. Si consultò quindi con Rita Podesta, secondo la quale bisognava dirglielo. Domandandole perché, la Migliavacca si aspettava ragioni morali, scrupoli di verità. Invece l’auspicio era che Rivadeneyra si sentisse talmente in colpa da suicidarsi a sua volta. Allibita, la Migliavacca chiese la ragione di quel desiderio, sentendosi rispondere che in quel modo, essendocene uno di meno, sarebbe stato piú facile vincere. Sconvolta, disse che non ci poteva credere, e quando l’altra, aprendo la bocca sdentata, le disse che vincere era l’unica cosa per cui rimaneva in vita, cosa c'edeua, corse strillando in camera sua, dove si gettò sul letto strappandosi i capelli. Nell'incubo in cui era precipitata, due pensieri: non dire niente a Rivadeneyra, e perché, perché, perché la segreteria del ginnasio-liceo Berchet, nel settembre 1969, non l'aveva messa in IV B o C o D o E o F o G o H, perché in IV A? In questa incapacità di accettazione, era uguale a Semprini.

La sera del 22 luglio 2033, per la cena numero 59, si presentarono solo in quattro: Rivadeneyra, Ricci, Brodo, Semprini. La Migliavacca aveva fatto sapere di non stare tanto bene, quindi non poteva accompagnare la Podesta. La Bathory si era trattenuta a Čachtice piú del previsto, e non sarebbe tornata che a settembre. Per la prima volta in quasi sessant'anni, i maschi erano in maggioranza. Anzi, tre maschi e mezza femmina, scherzò la Ricci. Rivadeneyra fece notare che, cosí pochi, costituivano un'immagine di quello che sarebbero stati nella fase finale della riffa, quando si sarebbe trattato di passare da quattro a tre. Poi rendicontò: la cifra raggiunta era cosí grossa che il primo pensiero di tutti fu: che peccato non avere il tempo di godersela. Qui prevenne ogni possibile obiezione ricordando che il loro progetto era stato concepito per il piacere del gioco, non per lucrare, anche perché i soldi, in se stessi, avevano qualcosa di volgare. Sentendosi poi dare dell'anima bella dalla Ricci, si accalorò fino al punto di dire che tanto, alla fine, vincono sempre le donne, e che in quel caso poteva anche fare i nomi. Tutti tacquero. E i nomi erano quelli della stessa Ricci, della Bathory, che si era fermata nei Carpazi per fare una cura ringiovanente a base di sangue umano, e della Podesta, che sembrava sempre piú di là che di qua e però non mollava mai. Semprini chiese allora della Migliavacca, al che, spazientito, Rivadeneyra disse che gli sembrava di avere già spiegato a suo tempo che la Migliavacca non avrebbe mai vinto per il semplice fatto che non voleva vincere. In virtú di tanta sicurezza i conti tornarono a tutti, e per un attimo ebbero l'impressione che finalmente la riffa si fosse conclusa.

Un anno dopo, il 22 luglio 2034, cena numero 60, si ritrovarono in sei: tutti tranne la Podesta. Dall'ultima volta erano successe diverse cose. La Migliavacca non aveva superato lo *shock*, e non potendo piú sopportare nemmeno la vista della Podesta, l'aveva fatta ricoverare presso la clinica Beato Polesella di San Colombano al Lambro, via IV Novembre 16. D'accordo con Rivadeneyra, e a seguire con gli altri, aveva ottenuto che la retta mensile fosse coperta dal montepremi della riffa. La Podesta, a dire della Migliavacca, non aveva protestato. La Bathory era tornata alla fine di settembre, piú in forma che mai. Alla Ricci, che l'aveva invitata per un tè, disse che poteva immaginare le dicerie su di lei e sulla sua dieta, autorizzandola scherzosamente a riferire che erano vere. Rivadeneyra aveva continuato a seguire non troppo da lontano la sua impresa commerciale. Era sempre piú ossessionato dal pensiero di chi sarebbe stato il primo di loro a morire, sentendosi in colpa perché quelle illazioni gli sembravano una forma di scommessa con se stesso, lui che aveva sempre combattuto le scommesse come una corruzione del disegno generale. La Ricci e Brodo si erano inoltrati con reciproca soddisfazione nel rapporto padrona-schiavo. Ancora non c'era stato nulla di pesante (si diceva Brodo), nessun contatto fisico né alcuna nudità, nemmeno parziale: ma a livello verbale avevano fatto molti progressi, spingendosi a tematizzare con dovizia di particolari quello che si sarebbero fatti e come e quando. Brodo era arrivato al punto di confessarle esplicitamente la propria oltranza solipsistica, ragguagliandola in merito ai propri record storici e agli omaggi di quel tipo che cercava di dedicarle ogni volta che rientrava a casa propria. Lei come premio gli lanciava da lontano dei croccantini, che lui, accucciato come un cagnolino, ingoiava al volo, senza mai sospettare che ci fosse un'analogia, almeno sul piano balistico, con i dadi che gli tiravano a scuola.

Semprini aveva rivisto un'altra volta l'intera filmografia di Gene Hackman, godendo e commuovendosi come non mai, e ricavandone nuovi spunti per la sua monografia, giunta per il momento a quattrocentocinquanta pagine.

La Migliavacca viveva da sola nella sua cascina di Chiaravalle, inselvatichendosi sempre di piú: sciatta e spettinata, avvolta in una coperta violacea, sembrava una contadina russa uscita da un romanzo di Gogol′ o di Turgenev. Aveva due galline che in cambio delle uova le scacazzavano liberamente per casa, e un orto invaso dalle erbacce. Come aveva detto Rivadeneyra, non voleva vincere: ora però non voleva neanche vivere, le mancava solo il coraggio per farla finita.

Il pomeriggio del tè dalla Ricci la Bathory si stupí nel vedere che c'era anche Brodo, ma quando la padrona di casa la informò che si trattava del suo schiavo afferrò perfettamente la situazione, e non fece alcun commento. Mentre le due chiacchieravano come dame vittoriane, Brodo rimase accucciato in anticamera. Quello stesso pomeriggio, dopo che la Bathory era andata via, Brodo chiese alla padrona il permesso di parlare. Ottenutolo, le disse che da quel giorno voleva considerarla non piú come la sua padrona ma come la sua dea, e che per questo era opportuno ritoccare il contratto. La Ricci gli disse che non ci pensava proprio, anche perché trovava molto piú umiliante per lui servire una padrona che adorare una dea, dato che l'adepto ha un tornaconto spirituale che il servo non ha.

Semprini pensò alla Podesta come a una figura, nel senso auerbachiano del termine, di Gene Hackman: sola e sperduta, assente. Era però sopravvissuta al proprio inveramento storico, cosa che a una figura non è concessa. Dunque rigettò l'idea, chiedendo scusa ad Eugene Allen detto Gene. Decise inoltre che da quel giorno si sarebbe chiamato e firmato Lothar Gin Semprini. Qualche giorno dopo si era talmente affezionato al suo nuovo nome che gli sembrava di essersi chiamato sempre cosí. Si mise anche in testa che Gin Semprini fosse un nome perfetto per un'auto da corsa. È una Lotus? Una McLaren? No, è una Gin Semprini, e va come il vento. Il candidato naturale per guidarla, ovviamente, era Steve McQueen, ma spiacente, l'avrebbe fatta guidare a Gene Hackman.

Dario Brancigalievore era diventato quel che si dice un rifiuto della società. Ormai senza fonti di reddito, senza fissa dimora, dormiva dove capitava, prevalentemente nello storico dormitorio di viale Ortles al 69, da anni ribattezzato «Casa dell'Accoglienza Enzo Jannacci». Vivacchiava di accattonaggio e di espedienti, fra i quali, a fine giornata, frugare tra le cassette dell'Ortomercato di via Lombroso o, al sabato, del mercato di viale Papiniano, per recuperare frutta e verdura semimarcia scartata dai venditori. Con il diabete e la prostatite che aveva, era un miracolo che fosse ancora in vita, tanto piú che beveva come una spugna, in genere cartoni da un litro di Tavernello. Ma di tanta miseria in cui era sprofondato sembrava non accorgersi, perché la sua mente era ancorata all'oltraggio patito sette anni prima, il 22 luglio 2027. Da allora, ogni 22 luglio, si appostava nei pressi del ristorante per monitorare le presenze. In realtà il suo odio si concentrava su colui che riteneva essere il capo della congiura, Rivadeneyra; ma l'innata vigliaccheria, unitamente alla curiosità di vedere come sarebbe andata a finire, gli impedivano ogni azione che non fosse, appunto, quella di osservare e di tenere il conto. Dei tredici che lo avevano condannato all'espulsione dovevano essere morti, perché a un certo punto non li vide piú arrivare, Mercandalli, la Rebaudengo, Riccadonna, la Sancio, la Mascolo, la De Cruce e Musadino (di questi ultimi due ignorava che si fossero sfilati in seguito a buonuscita). Della Podesta non teneva conto, anche perché non aveva preso parte a quella votazione. Ne rimanevano dunque sei, tre puttane (la vacca, la storpia, quello stecco ghiacciato della Bathory) e tre bastardi (Semprini, dadoknorr e lui, il piú bastardo di tutti), e di quel passo avrebbero superato il crinale degli ottant'anni trascinandosi dietro anche lui, per cui era deciso, avrebbe colpito alla prima occasione. Si ricordava, perché fra le tante cose che aveva perso non c'era la memoria, che il Riva abitava in via Melzi d'Eril, roba da ricchi, una via che era uno spettacolo, non avrebbe saputo dire il numero ma una volta lí avrebbe riconosciuto la casa, perché il Riva dava delle feste ogni tanto e lui ci si imbucava insieme a quel dritto di Piselli. Va dato atto a un simile rottame umano di avere un suo rudimentale senso estetico: insieme alla via Antonio Canova la via Francesco Melzi d'Eril è infatti un gioiello urbanistico, queste due vie ricurve formando l'arco di una semicirconferenza che ha al proprio centro l'Arco della Pace, e che risponde specularmente, oltre l'estensione del parco Sempione, all'arco di semicirconferenza formato dal Foro Buonaparte, progettato, come la vicina Arena, dall'architetto ufficiale del napoleonico Regno d'Italia Luigi Canonica (1762-1844), astro dell'architettura neoclassica insieme ai chiari nomi di Giuseppe Piermarini (1734-1808) e Luigi Cagnola (1762-1833). Intanto, nell'attesa di agire, Brancigalievore sperimentava mentalmente i modi dell'uccisione. Con una pietra, forse, ma la pietra funziona da dietro, sulla nuca, lui invece voleva che il Riva lo riconoscesse e capisse. Allora meglio una spranga, no, un coltello da cucina di quelli grossi, oppure dell'acido, o una bottiglia di benzina, trasformarlo in una torcia umana, c'era solo l'imbarazzo della scelta, che poi, chissà, magari l'anno dopo andava alla cena e quelli a vederlo se la facevano sotto e lo riammettevano nella gara, gli davano il posto del Riva, che gusto!

La Migliavacca non aveva fatto mistero circa i motivi che l'avevano indotta a interrompere la convivenza con la Podesta, e tutti ne erano rimasti impressionati, anche senza sconvolgersi come lei. Rivadeneyra si chiese però che diritto avessero loro di scandalizzarsi se una persona insana di mente ambiva a quello cui, tolta la Migliavacca, ambivano tutti. Agiva in loro, pensò, un retaggio letterario, o piuttosto scritturale, secondo il quale il povero di spirito dev'essere una specie di santo, indifferente agli interessi mondani. Voleva vincere anche lei, quella poveretta? Giusto, che ci sperasse, chissà poi cosa significava la ricchezza per lei, a quell'età e in quello stato... Piuttosto, da alcuni accenni della Migliavacca, in passato, si era fatto l'idea che la Podesta fosse una mezza veggente, e che ricordasse cose dimenticate da tutti, o addirittura sapesse cose mai sapute da alcuno. Cosí, giusto per avere tutto sotto controllo, decise di andare a trovarla alla clinica Beato Polesella di San Colombano al Lambro. Per correttezza, chiese agli altri se qualcuno volesse accompagnarlo: si aggregò Semprini. Dunque, sulla sua auto d'epoca, una Mercedes Pagoda 230 SL immatricolata nel 1969, Rivadeneyra passò da via California per prendere il suo compagno. Durante il viaggio commise l'errore di chiedergli come procedesse la sua monografia, e per tutto il tempo Semprini parlò ininterrottamente dei film in cui Gene Hackman alla fine moriva, film che ad ogni nuova visione lo addoloravano come la prima volta, tanto che spesso, arrivato alla scena fatale, la saltava: film come *La rivolta*, o *Sotto tiro*, o *Arma da taglio*, o *Pronti a morire*, o *Il principio del domino*, o *Il giorno dei lunghi fucili*, o *Gli Spietati*, o *Gangster Story*, o *Per 100 chili di droga*, o *La bandera*, o *L'avventura del Poseidon*, o *I Tenenbaum*, o *Potere assoluto*, o *L'ultimo appello*, per non citarne che alcuni, in effetti era incredibile quante volte quell'uomo morisse, doveva esserci qualche accordo segreto fra sceneggiatori e registi per sacrificarlo, sacrificio era la parola giusta, alla fine di quei film Gene Hackman si immolava togliendo tutto il male del mondo, o dal mondo. E non mancava infatti una scena, nell'*Avventura del Poseidon*, in cui Hackman, nel ruolo di un prete molto poco pretesco, apostrofa Dio con queste parole mentre penzola nel vuoto attaccato alla ruota di un manometro: «Quanti altri sacrifici vuoi? Quanto altro sangue vuoi? Quante altre vite vuoi? Vuoi un'altra vita? Prendi la mia!», dopodiché, girata la ruota di quanto servisse alla causa, si lasciava cadere nel vuoto. E aggiunse che vederlo morire era come veder morire suo padre, quel padre appassionato di fumetti che lo aveva chiamato Lothar in omaggio al personaggio di Lee Falk e Phil Davis, e che era morto troppo presto perché lui potesse conoscerlo da uomo a uomo e non da bambino a uomo. E abbandonandosi alla commozione, disse che Gene Hackman era il padre che tutti vorrebbero avere avuto, e Rivadeneyra pensò: «Cristosanto».

Arrivati alla clinica furono accompagnati da un inserviente alla camera della Podesta, la quale appena li vide (sembrava addormentata, invece vedeva da una sottilissima fessura tra le palpebre) chiese se fossero venuti per il suo funerale. Rivadeneyra la rassicurò, poi, spingendo avanti Semprini, le chiese se lo riconoscesse. Lei annuí, definendolo quello dei fumetti, per i quali, se avesse vinto, avrebbe speso tutto. Interrogata su come avrebbe speso lei i suoi soldi, rispose che non lo poteva dire perché prima voleva vedere come morivano loro: e qui li mise in guardia suggerendo a Rivadeneyra di stare attento alle strade curve, e a Semprini di guardarsi da Brodo. Poi, dopo un rantolo, si voltò di nuovo verso Rivadeneyra, farfugliando in modo quasi incomprensibile qualcosa a proposito di un grande amore che lui non aveva visto. Semprini avrebbe voluto saperne di piú, ma Rivadeneyra disse che poteva bastare, ed afferrandolo a un polso lo trascinò energicamente fuori della stanza. Una volta in macchina Semprini disse che non ci aveva capito niente, e l'altro commentò che era meglio cosí, e che per favore non incominciasse a parlare di Gene Hackman perché voleva guidare in silenzio fino a Milano.

Il 2034 si concluse senza novità di sorta. Brodo, da quando si era schiavizzato, non aveva fatto piú macumbe. La sua condizione lo appagava, facendo arretrare in secondo piano tutto quello che riguardava la riffa. Fu richiamato allo spirito della competizione da un fatto esterno, se si può dire esterno ciò che riflette anche il tuo destino: il 12 gennaio 2035 Rivadeneyra compí ottant'anni. In sequenza, li avrebbero compiuti tutti, lui il 27 ottobre e Semprini, il piú giovane, il 13 dicembre. Sapere che si stavano avvicinando a quella soglia simbolica rintuzzò il suo agonismo, e incominciò a meditare qualcosa di sinistro. Quasi subito, però, si disse che ormai non era piú padrone di se stesso e delle proprie azioni, dipendendo in tutto e per tutto dalla volontà della padrona. Dunque era a lei che doveva chiedere prima il permesso di agire, e poi ai danni di chi. Quando fu interpellata in quel senso, la Ricci scoppiò a ridere. In cuor suo aveva sempre sospettato che Brodo si dilettasse di simili pratiche, ma non era mai andata in fondo alla cosa. Ci pensò sopra, poi si disse che se era vero quello che diceva Rivadeneyra, e cioè che la Migliavacca non voleva vincere, forse si poteva darle una mano aiutandola a scomparire. Brodo non discusse, avrebbe accettato qualsiasi nome. Circa la modalità, gli fu data carta bianca. Quella sera stessa, in costume tirolese per un capriccio della padrona, Brodo sagomò una figurina umana con il pongo, le fece due mammelline come la Migliavacca non aveva piú da sessant'anni, la appoggiò su un tagliere dove aveva scritto con il *ketchup* LUCIANA in alto e MIGLIAVACCA in basso, quindi prese un chiodo e glielo spinse dentro la testa. Se la Migliavacca fosse morta in quel momento, sarebbe stato difficile parlare di coincidenza. Morí invece, colpita da un ictus, il 3 marzo, giorno del suo compleanno: anche questa una coincidenza, e piú probante, perché quella data sembrava implicare una scelta, e una scelta, come atto di volontà, svalutava come irrilevanti le pratiche nere di Brodo.

I funerali si svolsero nell'abbazia di Chiaravalle. Tranne la Podesta, i superstiti erano tutti presenti. Rivadeneyra volle offrire il pranzo, che si tenne alla trattoria «La Buona Novella». La Ricci moriva dalla voglia di celebrare i poteri del proprio schiavo, ma si trattenne. Semprini a sua volta era tentato di riferire a Brodo, con falsa noncuranza, l'avviso ricevuto dalla Podesta. La Bathory guardava la Ricci, curiosa di sapere come si fossero evolute le cose fra lei e lo schiavo. Rivadeneyra propose un brindisi in memoria della Migliavacca, poi si chiese quali strade curve ci fossero a Milano oltre via Melzi d'Eril, via Canova e Foro Buonaparte (senza contare le tre circonvallazioni, gli venne in mente solo via Dezza, la cui curvatura era però piuttosto blanda).

Nello stesso mese di marzo, il 28, anche Brancigalievore compí ottant'anni. Aveva passato gli ultimi giorni andando su e giú per via Melzi d'Eril, fino a convincersi che la casa di Rivadeneyra doveva essere al 26 o al 28, poco cambiava. Quello che non aveva messo in conto era che, alla sua età, Rivadeneyra non usciva mai la sera (fatta eccezione per il 22 luglio), e che anche di giorno, se doveva uscire, prendeva la macchina. Da quale cancello uscisse la macchina Brancigalievore non lo sapeva, cosí come non sapeva che macchina fosse, quindi si trovava a malpartito. Tuttavia poteva capitare che nelle belle giornate, di mattina, Rivadeneyra uscisse a fare una passeggiata a piedi per il parco, giusto per tenersi un po' in forma. Questo Brancigalievore lo ignorava, ma la sua disperata speranza gli fece puntare tutto su quell'eventualità. Cosí per due settimane di fila andò al parco Sempione poco prima dell'ora di chiusura, si nascondeva dentro una grossa macchia di mirto, dormiva sopra o sotto una panchina, si rinascondeva, e alla riapertura usciva. Ricoperto di aghi di pino e di foglioline, inzaccherato, tremando per l'umidità della notte, le tasche dell'impermeabile rigonfie per il cartone di Tavernello, spaventoso alla vista, si trascinava fra i platani di via Melzi d'Eril, guatando. Il 4 aprile il suo cuore ebbe un sussulto: aveva visto Rivadeneyra. Lo seguí lungo la curva della via, fino al punto in cui questa, come una forcella, si scinde nel viale Giulio Douhet (generale, 1869-1930) e nel viale Giorgio (*sic*) Byron; prendendo per quest'ultimo, Rivadeneyra giunse a lambire l'Arena, quindi, lasciandosela alla sua sinistra, puntò verso il laghetto sormontato dal Ponte delle Sirenette, noto a tutti i ragazzi della città per via delle quattro sirenette in ferro fuso-battuto realizzate dall'architetto Francesco Tettamanzi nel 1842, sirenette che, due a un capo e due all'altro capo del ponte, accolgono il passante esibendo generosamente le loro turgide mammelle per un totale di ben otto mammelle, con tanto di puntuti capezzoli. Ossidato e scurito dal tempo, il ferro di cui sono fatte le statue risulta però lucido e splendente in corrispondenza delle suddette mammelle, segno di centinaia di migliaia se non di milioni di toccamenti e accarezzamenti eseguiti dai ragazzi in questione, che su quella ferrosa anatomia facevano la prima esperienza di un seno femminile stampandosene nella testa l'archetipo o idea platonica che sia (non altrimenti, nei luoghi sacri, il tallone o il lobo dell'orecchio di una statua o di un bassorilievo testimoniano con la loro lucentezza della devozione dei fedeli). Inutile dire che fra quei ragazzi aveva militato a suo tempo Luca Brodo, che dal passaggio su quel ponte ricavava auspici per i suoi fantastici record. Ora qui, appunto, Rivadeneyra si stava avviando sovrappensiero. A trenta metri dietro di lui, come un rimorso, arrancava Brancigalievore. Solitamente la passeggiata si concludeva al laghetto: questa volta invece si estese fino ai *Bagni Misteriosi* di Giorgio de Chirico (1973), in direzione della Triennale; quindi, prendendo a destra, rasentando la Torre Branca di Gio Ponti (1933), puntò verso l'Arco della Pace, dal quale, tagliando per via Cagnola, sarebbe terminata in via Melzi d'Eril. Rivadeneyra era un po' stanco, forse aveva esagerato. Giunto ai bordi della grande piazza che racchiude l'Arco, si sedette su una panchina per rifiatare. Non meno stanco di lui, il suo inseguitore lo imitò, qualche panchina piú indietro.

Ora doveva decidere. Tirò fuori dalla tasca destra il cartone e tracannò il poco vino rimasto; poi dalla tasca sinistra estrasse un temperino a serramanico. «Lo sbuzzo come un maiale» si disse per darsi forza, ma la forza lo stava abbandonando. Guardò il suo nemico, che non accennava ad alzarsi: allora si alzò lui, avanzando lentamente e tenendo bassa la testa per non farsi riconoscere.

La mattina del 5 aprile Brodo si presentò a casa della Ricci, che la sera prima gli aveva ordinato di portarle una *brioche*, una rosa rossa e il «Corriere della Sera». Mentre lui riordinava e spolverava, lei, a letto, reclinata su quattro cuscini, mangiucchiava la *brioche* e sfogliava il giornale. A un certo punto diede uno strillo e lo chiamò. Gli disse che era successa una cosa pazzesca, dopodiché incominciò a leggere un articolo dalle pagine milanesi.

clamoroso a Milano

RISSA FRA OTTANTENNI: UN MORTO E UN FERITO

Rispondendo alle chiamate di alcuni cittadini allarmati, le forze dell'ordine si sono trovate di fronte a una scena inattesa. La rissa sanguinosa avvenuta ieri mattina in piazza Sempione ha visto infatti coinvolti non due giovani, come sempre piú spesso accade nella nostra città, ma due anziani. Risulterebbe dalle dichiarazioni di alcuni testimoni che uno dei due abbia aggredito l'altro con un temperino, colpendolo alla gola ma rimanendo a sua volta gravemente ferito al collo nel corso della colluttazione. Entrambi sono stati portati d'urgenza all'ospedale Fatebenefratelli, dove l'aggressore è deceduto poco dopo a causa dell'ingente perdita di sangue. Per l'altro ricoverato la prognosi è di trenta giorni. Dai documenti in suo possesso risulta trattarsi dell'ottuagenario Lorenzo Rivadeneyra, residente nella vicina via Melzi d'Eril. Il cadavere, apparentemente della stessa età, non ha ancora un'identità: secondo gli inquirenti, dal suo aspetto potrebbe trattarsi di un *clochard* senza fissa dimora. Rimane per ora sconosciuto il motivo dell'aggressione.

Il 22 luglio 2035, per la cena numero 61, si presentarono al ristorante la Ricci, Brodo, la Bathory, Semprini, e Rivadeneyra. Quest'ultimo aveva al collo un laringòfono, che in assenza delle corde vocali, asportate chirurgicamente dopo la lesione alla gola, amplificava gli impulsi della laringe e della faringe ricavandone una voce artificiale, molto simile a quella di un robot degli anni Cinquanta, cosa che era fonte di raccapriccio per tutti ma non per Semprini, che al contrario ne era affascinato. Di quello che era successo il 4 aprile avevano lungamente parlato, prima fra di loro poi, dopo lo scioglimento della prognosi, con lo stesso Rivadeneyra, dimesso dall'ospedale nei primi giorni di giugno: sicché a tavola rimossero l'argomento, parlando di antichi castelli (Bathory), di piume di pavone agitate da schiavi nubiani (Ricci), di Sergio Leone (Brodo), e di Gene Hackman, il quale, osservò Semprini, aveva a che fare con il mondo dei fumetti a piú titolo, ad esempio per aver interpretato Lex Luthor in ben tre film della saga di *Superman* (1978, 1980, 1987), oppure per via del soprannome Popeye nel *Braccio violento della legge* 1 e 2 (1971, 1975), al che Brodo, esasperato, gli chiese se sapesse citargli il titolo di qualche film pornografico interpretato da Gene Hackman, e dato che Semprini rimase a bocca aperta di fronte a quell'enormità lo incalzò magnificando il coraggio e la disinvoltura con cui al contrario Sylvester Stallone, nel 1970, esordí nel mondo del cinema appunto con un porno, un film di Morton Lewis intitolato *The Party at Kitty and Stud's*, e distribuito in Italia inizialmente con il titolo *Porno proibito*, poi, dopo il successo di *Rocky*, con il titolo *Italian Stallion*. La Ricci rise, la Bathory sorrise, Rivadeneyra accentuando intenzionalmente la sua voce da robot scandí: «Non lo sa-pe-vo, pre-fe-ri-vo non sa-per-lo», e questa volta sorrise anche Semprini. Il quale poi, però, non volendo darla vinta al suo antagonista, disse che non lo faceva cosí ferrato in storia del cinema, in quanto gli risultava che conoscesse solo ed unicamente i film di Sergio Leone, e nemmeno tutti. Brodo confermò che la sua competenza si limitava effettivamente a quei pochi film, ma che il titolo da lui appena citato non apparteneva al cinema, ma alla vita: essendo un porno. Interdetto, Semprini lo invitò a chiarire quell'affermazione, cosa che Brodo fece sostenendo che la dimensione pornografica, quale che sia la sua forma, è tutt'uno con la fantasia sessuale degli esseri umani, laddove un film di qualsiasi genere, a eccezione appunto del porno, è una forma di intrattenimento, o di evasione, o di approfondimento o straniamento o stravolgimento della realtà, o di ridefinizione dei nostri schemi mentali, o di sublimazione, o di propaganda ideologica, o di professione di fede, o di esemplificazione di un'estetica, o di creazione di un'epica, o di o di o di, per cui una cosa è *Italian Stallion* e un'altra cosa sono *Rocky* e *Rambo*, poiché questi sono patrimonio dell'umanità in quanto enti modellanti un immaginario collettivo, mentre lo *Stallion* è una cosa che un singolo soggetto sessuale condivide con altri singoli soggetti sessuali, nella fattispecie tutti coloro che sono in una sala a luci rosse o davanti alla loro televisione collegata a un lettore vhs o dvd; e che in sostanza chiunque abbia avuto nella vita una fantasia sessuale di qualsiasi tipo è equiparabile a un regista e/o a un attore di un film porno, e che la fantasia in questione conta piú dell'atto in quanto anticipandolo lo comprende e in un certo senso lo esaurisce, sicché in buona sostanza non si dà alcuna differenza fra il sesso dialogicamente inteso, l'autoerotismo, la partecipazione a un'orgia, il sogno, l'esibizionismo, il voyeurismo, l'essere protagonista o coprotagonista o il mettere o il prendere o arrivare a quello che in senso fisiologico si definisce il piacere o non arrivarci. Dunque, riprese Semprini, perplesso, tolto il porno il cinema starebbe con l'arte, mentre il porno stando con il sesso starebbe con la vita, era cosí? Sí, piú o meno era cosí confermò Brodo, che non si era accorto della trappola insita in quella semplificazione, perché fu facile a Semprini obiettare che secondo un simile schema arte e vita non si incontravano mai, il che andava contro qualsiasi esperienza, ma Brodo non si arrese, argomentando che la vita poteva incontrare l'arte ma solo snaturandosi e trasfigurandosi ad opera dell'arte medesima, mentre incontrando il porno la vita rimane se stessa, anzi vi trova conferma. Semprini allora, in difficoltà, gli chiese come dovevano essere considerate le scene di sesso in un film non-porno, suscitando la risata di Brodo che negò categoricamente potersi trattare di sesso, essendo quelle scene solo una citazione o un allusivo rinvio alla sfera sessuale, ridotta a mero tema quindi ingrediente quindi spezia quasi sempre poco o affatto piccante. Proseguí poi, provocatoriamente, celebrando quella che definiva l'anonima democrazia dei film pornografici, che non hanno storia né storiografia, e non lasciano nella memoria nomi di registi ma solo i favolosi (e perciò commoventi) nomi d'arte delle pornostar, confondendosi gli uni con gli altri in un'unica macro-conglomerazione di parti del corpo transitivamente continue le une con le altre. «Come nei paginoni di Jacovitti» osservò Semprini, che altrettanto provocatoriamente gli chiese cosa si dovesse pensare allora di un film d'autore, un film storico in costume, un film drammatico, un film iperletterario come *La bestia* del regista polacco Walerian Borowczyk (1975). Brodo ammise candidamente di non conoscerlo, ma quando Semprini glielo ebbe riassunto se ne ricordò, eccome se ne ricordava, un film straordinario, un repertorio di immagini stampate nella sua mente, una fonte di ispirazione cui non poteva dirsi che grato. «Eppure non è un porno», concluse Semprini. «Lo dici tu», replicò l'altro, dopodiché Rivadeneyra disse qualcosa con quella sua voce aliena e la conversazione si avviò lungo altri binari.

L'anno successivo a quella cena non portò grandi novità. Rivadeneyra riprese a poco a poco l'abitudine di passeggiare nel parco Sempione, anche se non riuscí mai a liberarsi della fastidiosa sensazione di essere pedinato. Brodo scaricò sul proprio computer *La bestia* e lo rivide piú volte: poche storie, era un porno coi fiocchi, come dimostrava il fatto (si era documentato) che l'attrice che impersonava Romilda de l'Espérance, la finlandese Sirpa Lane (1952-1999), dopo l'*exploit* di quel film si era data al porno vero e proprio, segnatamente in Italia, dove a cavallo fra gli anni Settanta e gli anni Ottanta aveva fatto parte del cast di pellicole dai titoli inequivocabili come *Le notti segrete di Lucrezia Borgia* e *Giochi carnali*: film che, avrebbe chiesto a Semprini alla prima occasione, era curioso di sapere se potessero essere definiti iperletterari. Ma intanto la cosa importante era che le due gentildonne abusate dalla bestia nei sogni e nella realtà, Lucy Broadhurst e la suddetta Romilda, si prestavano perfettamente ad essere interpretate dalla Ricci e dalla Bathory, mentre lui per una volta sarebbe uscito dai panni dello schiavo per entrare in quelli della bestia. Udita la proposta, le due non risposero né sí né no, dicendo che ci avrebbero pensato. Semprini era arrivato a pagina settecentottanta della sua monografia, senza tener conto delle tavole su carta patinata e delle immagini infratestuali che stava accumulando perché il suo omaggio fosse piú completo. Della Podesta non si sapeva piú nulla; dai prelievi bancari, regolarmente effettuati dall'amministrazione della clinica Beato Polesella, Rivadeneyra prendeva atto che era ancora in vita. Anche della De Cruce e di Musadino non si sapeva nulla, né nulla fu fatto per rintracciarli. Usciti dalla riffa, erano usciti dalla III A; quasi, si sarebbe detto, con effetto retroattivo.

Il 10 febbraio 2036, essendo Carnevale, la Ricci e la Bathory comunicarono a Brodo che avrebbero impersonato Lucy Broadhurst e Romilda de l'Espérance purché lui procurasse loro i costumi settecenteschi e le parrucche. Brodo non badò a spese, e si presentò con i costumi (che erano veri e propri abiti di sartoria) e con un travestimento di pelo sintetico che lo trasformava in uno scimmione o in un uomo-lupo. Non si ha certezza di come si siano poi svolte le cose: pare comunque che la bestia inseguisse le due gentildonne grugnendo e sbavando; che quelle strillassero e starnazzassero fingendo una paura che nel volgere di pochi minuti divenne effettiva, tanto realistica era l'interpretazione di Brodo; che con i suoi unghioni la bestia lacerasse i preziosi vestiti delle fuggitive; finalmente, che travolgendo la carrozzella le ghermisse entrambe abbattendole a terra in posizione prona, non si sa quale per prima e quale per seconda se non tutte e due insieme, quindi opprimendole con il proprio peso e simulando una copula appunto bestiale con tanto di versi mostruosi, *performance* che a Brodo riuscí naturalissima in virtú di un'eccitazione genuina, tanto che mentre andava su e giú con i lombi agitava nell'aria il braccio destro come facesse girare un *lazo*, configurando un'ipotesi di autoerotismo che non confliggeva con la credibilità della situazione ma, al contrario, la inverava.

Il 19 luglio 2036, all'età di cinquantacinque anni, morí di un brutto male Massimiliano Augusto Rivadeneyra, figlio unico di Lorenzo. Per la concomitanza dell'evento, eccezionalmente, la cena numero 62 non ebbe luogo. Massimiliano Augusto lasciava una moglie e un figlio, Adalberto, che nelle rare occasioni in cui lo aveva visto il nonno considerava alla stregua di un ridicolo animaletto: ora di colpo, come se non avesse potuto pensarci prima, il nonno si rese conto che quell'animaletto, giunto all'età di ventidue anni senza aver mai combinato qualcosa di buono, sarebbe stato il suo erede universale, prospettiva accettabile per quanto riguardava i beni mobili e immobili, ma certo non per il premio previsto per i vincitori della riffa. Presa carta e penna, dunque, vergò con la sua elegante grafia un testamento olografo con il quale (nel pieno possesso delle sue facoltà eccetera) disponeva, a titolo di pre-legato, che tutti i suoi beni andassero al nipote, e che essendo cosí rispettata la legittima il resto rimanesse a disposizione del testatore, che ne avrebbe indicato il beneficiario o i beneficiari in altro documento chiuso in busta sigillata e allegata al testamento medesimo. Quanto al tenore di quest'altro documento non aveva le idee chiare, per cui rinviò la questione in attesa di ulteriori sviluppi nell'ambito della riffa.

Il 22 luglio 2037 la cena numero 63 vide presenti i soliti cinque convitati, tutti in buona forma compatibilmente con gli acciacchi dell'età. Rivadeneyra rendicontò, e il timbro metallico della sua voce rese ancora piú favolose le cifre in questione. Poi, scusandosi per la sgradevolezza dell'argomento, chiese a tutti di aggiornare il proprio stato di salute, non trascurando neanche i piú piccoli disturbi. Per quanto riguardava lui, al periodico formarsi di dolorosissimi calcoli renali, all'osteoporosi e all'artrite si erano aggiunte l'uretrite e una rara forma di onicomicosi. La Ricci, oltre all'eloquenza della sua condizione in sedia a rotelle, lamentò la riduzione della massa muscolare alle gambe, un principio di nefrite, e la sordità all'orecchio sinistro. Brodo ribadí il suo Parkinson inventandosi dosaggi di dopamina raddoppiati rispetto all'ultima comunicazione, e denunciando per la prima volta la recidività all'*herpes zoster*. La Bathory, ormai agli atti la mastectomia, lamentò nevralgia, meniscopatia, psoriasi, vitiligine. Tutti, incredibilmente, avevano ancora i loro capelli: la Ricci non aveva mai abbandonato il taglio alla Louise Brooks e relativa tintura nera; la Bathory teneva i capelli, di un argento vivissimo, raccolti in una crocchia fermata da uno spillone; Brodo era un po' stempiato, ma solo un po', e nella sua brizzolatura si distingueva ancora qualche capello nero; Semprini, ridotto alla cosiddetta chierica, aveva i capelli quasi color avorio, come capita spesso a chi prima li aveva rossi; quanto a Rivadeneyra, aveva mantenuto i capelli, bianchissimi, soltanto sulle zone temporali. Sola nella sua stanza nella clinica Beato Polesella di San Colombano al Lambro, Rita Podestà era invece completamente calva, se si escludono alcuni cernecchi filamentosi che le pendevano dalle tempie.

Semprini non aveva ancora trovato un titolo per la propria monografia. Voleva che ci fosse un riferimento alla faccia di Gene Hackman, quella faccia che, soleva dire, valeva da sola mezza cinematografia mondiale. Le ipotesi però non lo convincevano:

Gene Hackman: una faccia per il cinema
Gene Hackman: una faccia da cinema
Gene Hackman: la faccia del cinema

oppure

L'anima e il volto. Saggio su Gene Hackman
Cento personaggi, una faccia. Storia di Gene Hackman
Professionalità e istrionismo nella mimica facciale di Gene Hackman
Una faccia indimenticabile: Gene Hackman e il cinema
Una faccia da Oscar: storia di Gene Hackman
Il volto dell'attore. Studi sull'espressività di Gene Hackman

No, doveva lavorarci su ancora un po' (e se fosse stato proprio *Una faccia, mezza cinematografia mondiale*?)

Rivadeneyra guardava il foglio bianco che avrebbe messo nella busta da sigillare con la ceralacca per allegarla al testamento olografo. Si sorprese a pensare alla beneficenza, un'idea che aveva fortissimamente avversato quando era stata proposta tanti anni prima: possibile invece che avessero ragione loro, che la riffa avrebbe avuto un senso piú alto se avesse implicato un finale all'insegna della generosità? Non era poi cosí difficile ammetterlo, soprattutto ora che la vita se ne stava andando e tante cose che avevano avuto un senso non lo avevano piú, anche se, d'altro canto, c'era un fascino speciale nel fatto che ogni concorrente ignorasse i progetti degli altri in caso di vittoria, perché effettivamente era una cosa privata, i morti sarebbero stati morti, e i tre vincitori avrebbero mantenuto ognuno il proprio segreto, a meno di proseguire ad oltranza fino a un vincitore unico, possibilità che non era piú cosí sicuro di auspicare. Per quel che lo riguardava, avrebbe voluto che al momento della sua vittoria quella fortuna si autodistruggesse, non lasciando nemmeno una traccia contabile. Oppure, potendo invertire il corso del tempo, che andasse suddivisa fra i trenta componenti la III A, diciottenni-diciannovenni com'erano al momento della Maturità. E alla fine, in mancanza di meglio, optò proprio per la soluzione che piú si avvicinava a questo sogno, lasciando mandato ai propri esecutori testamentari perché, ove possibile, rintracciassero tutti gli eredi di quei trenta studenti distribuendo fra loro la relativa percentuale di premio.

Il 22 luglio 2038, cena numero 64, la situazione non era cambiata, tanto che dopo la liturgia della rendicontazione Brodo propose sfacciatamente di farla finita, e dividere il malloppo fra loro cinque. «Sei», lo corresse Rivadeneyra, inducendo Brodo a un'alzatina di spalle. Quindi espose le ragioni morali che non consentivano un'azione del genere, incontrando l'approvazione di tutti e alla fine anche quella di Brodo. Rimanendo in argomento, Rivadeneyra disse che sarebbe stata una buona cosa se fossero andati a trovare la Podesta: si combinò per la prima domenica di settembre.

Il 16 agosto, per un'infezione polmonare, morí Tiziana De Cruce. I suoi compagni non vennero a saperlo. Il 28 agosto, nelle docce del carcere di San Vittore, fu trovato il cadavere di Christian Ragusa, accoltellato numerose volte al ventre e ai fianchi. Le autorità parlarono di un regolamento di conti.

Domenica 5 settembre due automobili si mossero alla volta di San Colombano al Lambro. Sulla prima, la Mercedes Pagoda di Rivadeneyra, viaggiava Semprini. Sulla seconda, una vecchia Renault (ma non tanto vecchia da essere d'epoca), viaggiavano Brodo e le due donne. La visita fu deludente. La Podesta non giaceva in uno dei suoi lunghi periodi di catatonia poco piú che vegetativa, ma o che fosse stanca, o che non avesse voglia di parlare, rimase in silenzio a guardarli uno per uno. Le fasciature ai polsi dicevano che il suo autolesionismo non aveva mai fine. Dopo mezz'ora di sguardi inconcludenti e mezze paroline altrettanto inconcludenti da parte dei visitatori, e di strabuzzamenti d'occhi da parte della degente, quando ci si stava per congedare, la Podesta, con un filo di voce, intonò una litania che pur essendo composta di parole note sembrò a tutti nuovissima, dato che non sentivano l'appello della loro classe in ordine alfabetico dal 1974, sessantaquattro anni prima.

«Ba... batho'y b'ancigalieuo'e b'odo b'usaglia ca'ta'ini coppo c'ollalanza de c'uce fustigati gaudillo giouenzana letellie' maldifassi mascolo mentasti me'candalli migliauacca mottola musadino piselli podesta 'ebaudengo 'iccadonna 'icci 'idolfi 'iuadeney'a 'uffolo sancio semp'ini testauiua».

Cosí agglutinati in un unico verme sillabico non avevano piú una loro individualità, non piú destini diversi, nemmeno l'essere morti o l'essere vivi, erano tutti lí, insieme, per sempre, erano la III A, qualunque cosa fosse successa erano sempre stati e sempre sarebbero stati la III A. Questo aveva voluto dir loro la Podesta, o almeno, sulla via del ritorno, ognuno di loro pensò che fosse cosí. Piú tardi, quando Brodo accompagnò a casa la Bathory, si scoprí per la prima volta dove quella misteriosa creatura abitasse: in Santa Maria Valle, una piazzetta segreta incastonata fra le case di via Stampa e via Olmetto, non lontano dal Carrobbio; un posto dove non si finisce per caso, invisibile ai nesci.

Nei momenti in cui non era di servizio (anzi di servigio) presso la Ricci, Brodo si annoiava, cincischiava, camminava avanti e indietro snocciolando il suo repertorio di battute leoniane, per le quali imitava le voci di Enrico Maria Salerno per Clint Eastwood, di Emilio Cigoli per Lee Van Cleef, di Gian Maria Volonté per l'Indio, di Luigi Pistilli per Groggy. «Questo treno non ferma a Tucumcari», diceva, e subito dopo: «Questo treno *ferma* a Tucumcari»; oppure: «Colonnello, prova con questa»; oppure: «Indio, tu il gioco lo conosci»: e faceva partire il suono del *carillon* tenendo la mano a coppa come reggesse quell'orologio. Poco dopo, con la voce di Nando Gazzolo diventava Henry Fonda, e a Gabriele Ferzetti, che gli diceva «Ti avevo detto solo di spaventarli», rispondeva beffardo: «Chi muore è *molto* spaventato». Non poteva sapere che nel suo appartamento di via California Semprini faceva piú o meno lo stesso, citando centinaia di battute di Gene Hackman con la voce di Sergio Fiorentini, il principe dei suoi doppiatori (1934-2014), o con quella di Renato Mori (1935-2014): ma talvolta, quando si sentiva particolarmente ispirato, osando imitare anche la voce autentica sua non doppiata, roca e frusciante. La monografia aveva superato le mille pagine, ma il pensiero di trovare un editore disposto a farsi carico di una simile impresa non lo preoccupava: con la vincita del premio, avrebbe finanziato lui l'edizione fino all'ultimo centesimo: e gli sarebbe rimasto abbastanza per acquistare tutte le tavole originali che aveva nel cuore e quindi nel mirino. Non solo: ma aveva anche deciso, se la salute e le forze glielo avessero permesso, di andare in pellegrinaggio alla casa natale di Hackman a San Bernardino e alla villa vicino a Santa Fe dove aveva trovato la morte. A San Bernardino avrebbe parlato con il sindaco, proponendogli di erigere, s'intende a proprie spese, una statua di Gene Hackman da collocare in una bella piazza alberata, che ovviamente avrebbe dovuto cambiare nome in Gene Hackman Square o Gene Hackman Circus. Tutto questo per dire che la possibilità di non vincere non era assolutamente presa in considerazione.

Contro ogni statistica, per cui il morbo di Parkinson si manifesta verso i sessant'anni di età, a Rivadeneyra e a Brodo venne diagnosticato quando ne avevano ottantatre. Per Rivadeneyra era una novità, mentre per Brodo, che lo aveva sempre millantato, il Parkinson era qualcosa di famigliare. Si disse però che se il suo braccio doveva tremare non sarebbe stato per la malattia, ma per l'antico vizio, un vizio che alla sua età ormai non praticava piú, ma che continuava a *mimare* come per un riflesso condizionato. In altre parole, quando un'immagine eccitante gli attraversava la mente (cosa che si verificava decine di volte al giorno), il braccio e la mano incominciavano a muoversi in autonomia, e se quella situazione si protraeva il tremore evolveva in crampo, con un pavloviano effetto di piacere derivato dalle decine di migliaia di volte in cui nella sua vita il piacere si era associato a quella contrazione spastica. Peraltro nei suoi anni migliori, a prescindere dai record quantitativi, Brodo era stato capace di *performances* notevolissime, una delle quali consisteva nel raggiungere l'orgasmo senza mai toccarsi né procurarsi qualche tipo di strusciamento, ma solamente in virtú della forza del pensiero e di una mostruosa concentrazione, che inducevano al suo organo gli impulsi vietati per l'occasione alla mano: operazione, questa, che poteva durare anche piú di due ore, e che lo lasciava indolenzito nella parte interessata e nella testa, e per ironico soprammercato con un crampo non piú leggero di quello che avrebbe avuto utilizzando la mano.

Il 22 luglio 2039, dunque, il quadro clinico venne aggiornato. Sia Rivadeneyra sia Brodo avevano il loro scatolino con le pillole di dopamina, di cui il primo illustrò la funzione con competenza e sincero spirito divulgativo. Si diffuse quindi sulla vita e sulle opere del medico londinese James Parkinson (1755-1824), che descrisse la malattia definendola con l'inquietante espressione «paralisi tremante» (*An Essay on the Shaking Palsy*, 1817), senza immaginare che il nome del morbo sarebbe stato eponimo. Per il resto, il quadro corrispondeva a quello di due anni prima. Vi corrispondeva ancora l'anno successivo

22 luglio 2040, cena numero 66

e quello dopo ancora

22 luglio 2041, cena numero 67

Ma il 7 settembre 2041, all'età di ottantasei anni, Lola Ricci morí per apoplessia. Fu Brodo a dare la notizia. Nella sua disperazione aveva trovato il modo (cosí almeno credeva) di addolcire con quella scelta lessicale la durezza del termine ictus. I funerali si svolsero nella chiesa di Sant'Andrea in via Crema. Brodo non si riprese piú. Servire la padrona era diventata la sua sola ragione di vita, e se non poteva essere piú il suo schiavo non voleva essere piú niente. Quel servigio era stato cosí gratificante da non aver avuto bisogno degli sviluppi preventivati: alla fine, i due anziani compagni di classe non si erano mai toccati o svestiti. L'unico contatto, esorcizzato dalla burla carnevalesca, si era avuto durante la messa in scena della *Bestia* di Borowczyk. Adesso però era finito tutto, non c'era piú nulla che non fosse un dolore insopportabile. Impietosita, la Bathory gli propose di offrire a lei i suoi servigi, cosa che Brodo, ottuso, stordito, sedato dal Tavor, inizialmente accettò, per arrendersi all'evidenza nel giro di due mesi: il vaso era rotto e non lo si poteva aggiustare. Il probabile suicidio di Brodo divenne l'argomento di una rete di telefonate fra Rivadeneyra, Semprini e la Bathory, a nessuno dei quali passò mai per la mente, nemmeno per un attimo, che dopo quel gesto sarebbero rimasti in quattro, a un passo dalla vittoria. Dunque telefonarono anche a lui, Rivadeneyra gli scrisse una lunga lettera in cui si citavano Agostino e Pascal, cercarono (invano) di coinvolgerlo in qualsiasi cosa potesse distrarlo, ma non ci fu nulla da fare. Il 24 dicembre, quando Semprini gli telefonò per fargli gli auguri di Natale, Brodo pregò lui e gli altri di non chiamarlo piú, e di considerarlo già morto. Faceva lui gli auguri a tutti, non per il Natale ma per la riffa, e un augurio speciale a lui, Semprini, per il suo libro su Gene Hackman.

Il 22 luglio 2042, cena numero 68, Rivadeneyra, Semprini e la Bathory (assente come sempre la Podesta) non avrebbero saputo dire se Brodo fosse vivo o morto. Con tutta la pietà del caso, fece notare la Bathory, non si trattava di un comportamento corretto, perché lasciandoli nell'ignoranza li metteva in difficoltà circa le sorti della riffa. Morisse in quei giorni la Podesta, tanto per fare un nome a caso, loro tre avrebbero vinto, salvo decidere se continuare ad oltranza o no, ma la latitanza di Brodo aveva l'effetto che avrebbe avuto la scomparsa della Mascolo: bloccare tutto. Rivadeneyra disse che se Brodo si fosse suicidato si sarebbe saputo, ma se lo avesse fatto con discrezione, non buttandosi da un grattacielo ma semplicemente sparendo, lui che da tempo non aveva piú una famiglia, chi se ne sarebbe accorto? La cosa piú logica sarebbe stata telefonargli, ma Semprini aveva promesso a nome di tutti che avrebbero rispettato il suo desiderio di non essere piú cercato. Rivadeneyra rinviò la decisione, dicendo che una volta rimasti in tre quei tre avrebbero dovuto cercarlo per forza. La verità era che Brodo, per onestà o per coerenza, aveva deciso di por fine alla propria vita tramite una macumba rivolta contro se stesso, ed era un bel po' che trafficava con il pongo, il legno, le patate, le zucche, la cera, la benzina, i chiodi, gli spilloni, e naturalmente, *ad abundantiam*, ciocche dei suoi capelli, pezzetti d'unghia, oggettini simbolici: e operava, operava con serietà e zelo, ma non succedeva nulla, non aveva ictus o infarti, non gli scoppiavano arterie nel cervello, non aveva malattie fulminanti, non si spaccava la testa cadendo, non gli finiva il phon acceso nella vasca da bagno, nessuno lo investiva per strada, non gli si ficcava in gola una spina di pesce, non soffocava nel proprio vomito, nulla di nulla. Profondamente deluso, prese in considerazione l'idea di avvelenarsi come aveva avvelenato Mentasti. Da qualche parte doveva avere ancora quella bustina che non era riuscito a svuotare nel bicchiere di Piselli. Ma morire come loro non gli piaceva, avrebbe annullato decenni di disprezzo e di diversità, no, sarebbe morto come se stesso, cioè come Brodo, letteralmente. Cosí acquistò un grande quantitativo di dadi Liebig, Knorr e Star (i Maggi li disdegnava perché sembravano fatti di gesso), ne tolse i rivestimenti di stagnola, li mise tutti in un pentolone con poca acqua calda e ne ricavò un pastone denso e colloso, sul quale fece sgocciolare un bel po' di benzodiazepine; quindi mescolò, vi versò dentro due bicchieri di Jack Daniel's, rimescolò. Dopo mezz'ora capovolse il pastone sopra un grande tagliere, come si fa con la polenta, e preso un cucchiaio si diede a ingurgitare quel composto, formato (farmaci e liquore a parte) da circa un chilo di dadi. Trangugiatolo tutto, barcollò verso il letto, dove si sdraiò supino incrociando le braccia sul petto. La penultima cosa che vide prima di perdere i sensi fu il sorriso di Lola Ricci, il suo Angelo Azzurro; l'ultima, furono i braccioli cromati della sua sedia a rotelle. Del suo corpo ormai rigido l'ultima cosa che sussultò fu il braccio destro.

Da un trafiletto del «Corriere della Sera» i superstiti furono edotti del decesso. Sentendo uno strano odore una vicina aveva telefonato all'amministratore, che dopo aver suonato alla porta di Brodo per due giorni aveva chiamato i pompieri. L'odore del brodo, scriveva il redattore, sormontava l'odore della morte. I funerali si svolsero il 9 ottobre 2042 presso il forno crematorio di Lambrate, alla presenza di tre sole persone. Due giorni prima, nella chiesa di Santa Maria delle Grazie al Naviglio (alzaia Naviglio Grande), si erano svolti i funerali di Carlo Musadino.

Arrivò il 22 luglio 2043 (cena numero 69), poi il 22 luglio 2044 (cena numero 70), e per i superstiti nulla era cambiato. Neanche per la Podesta, dentro la quale, ormai perennemente in stato vegetativo, pulsava un piccolo nucleo che sembrava voler dire: «Nun moro!»

Quando si ritrovarono per la settantunesima volta, il 22 luglio 2045, Rivadeneyra, e a San Colombano la Podesta, avevano compiuto novant'anni; la Bathory e Semprini li avrebbero compiuti pochi mesi dopo. Quasi inevitabilmente, dopo la solita rendicontazione e qualche altro preambolo, la conversazione cadde sulla compagna assente. Tutti pensavano la stessa cosa, ma nessuno aveva il coraggio di dirla, finché la disse la Bathory, domandando se si trovassero di fronte a un caso di accanimento terapeutico. Rivadeneyra lo escluse, affermando che tutto quello che facevano i dottori era mantenerla in sedazione perché non facesse del male a se stessa, al che la Bathory replicò che, indipendentemente da quanto stabiliva la legge, quello le sembrava accanimento terapeutico. Rivadeneyra la confutò risolutamente, poiché non si trovavano in presenza di una patologia incurabile, ma di un malessere psicologico, spirituale, esistenziale, sicché non era questione di legge ma di coscienza. Semprini, sempre a disagio quando i discorsi prendevano una piega teorica, chiese se stessero parlando della deontologia professionale e del giuramento di Ippocrate, e quando Rivadeneyra disse «Anche» gli fece notare che quello riguardava la coscienza dei medici, non la loro, che se non potevano ordinare ai medici di staccare la spina, come suol dirsi, potevano smettere di pagare la retta della clinica, sicché voleva vedere poi la coscienza dei medici di fronte al Consiglio di Amministrazione. Qui Rivadeneyra gli disse che non lo faceva tanto cinico, ma l'altro rispose che non era cinismo, era solo la replica a braccio di una discussione che aveva visto e ascoltato in un film con Gene Hackman. In questo modo aveva riportato la conversazione su binari a lui piú congeniali, quando intervenne la Bathory osservando che si poteva fare a meno di coinvolgere il personale medico, «bastando un cuscino». Dopo qualche istante necessario a metabolizzare il concetto, Rivadeneyra disse che sí, era una possibilità, ma personalmente aveva paura che ne scendesse su di loro una terribile maledizione, lusso che a novant'anni non potevano permettersi. Allora la Bathory prese in pugno la situazione e disse che avrebbero aspettato ancora un anno intero, trascorso il quale, se fossero stati ancora in quattro, avrebbero agito nel senso del cuscino. Gli altri due non fiatarono.

Il 6 maggio 2046 Rita Podesta li tolse dall'imbarazzo morendo per arresto cardiaco. Immediatamente informato, Rivadeneyra informò gli altri a sua volta, poi organizzò il funerale, che si svolse due giorni dopo a San Colombano al Lambro nella cappella della Madonna del Latte. Dopo la cremazione, l'urna sarebbe stata tumulata nel cimitero locale. Nel corso di quei tre giorni l'argomento del premio non fu toccato. Riportando in città i compagni sulla sua auto d'epoca, che di lí a poco non avrebbe potuto piú guidare per mancato superamento dell'esame ottico necessario al rinnovo della patente, Rivadeneyra li convocò a casa sua per il tardo pomeriggio del giorno seguente. Ognuno dei tre, nella propria testa, era tormentato e insieme affascinato dal fatto che le ultime parole pronunciate dalla Podesta fossero state quelle dell'appello della III A, una classe esistita settantadue anni prima.

In un salone tappezzato di arazzi e di specchi oltre che di quadri, Rivadeneyra era seduto su un divano rivestito di raso giallo *brodé*; su due grandi poltrone di fronte a lui sedevano la Bathory e Semprini. Nel mezzo, un tavolino di cristallo sorreggeva tre calici di champagne e una ciotola piena di taralli. Nessuno parlava. Avevano vinto, ma nessuno parlava. Avevano aspettato quel momento per oltre settant'anni, ma nessuno parlava. «Beviamo», disse finalmente il padrone di casa; poi, bevuto, rabboccò i calici. Ora che nasceva da un laringòfono di nuova generazione la sua voce era meno robotica, ma serbava sempre qualcosa di metallico. Trasse un lungo sospiro, poi entrò in tema. Avevano vinto, e potevano spartirsi il premio (disse le cifre, esorbitanti). Ma potevano anche, come stabilito a suo tempo, decidere di proseguire ad oltranza, lasciando che il premio andasse nella sua interezza all'ultimo sopravvissuto. Per quella decisione, ricordò, sarebbe bastata la maggioranza, senza bisogno dell'unanimità. Semprini lo interruppe alzando la mano e dicendo «Mozione d'ordine» come si faceva nelle assemblee al liceo. Proponeva, data l'importanza di una decisione che in un senso o nell'altro avrebbe condizionato le loro vite residue, proponeva che quegli accordi, che se non sbagliava risalivano all'ormai remoto 2029, venissero emendati là dove regolavano il meccanismo della votazione, per la quale riteneva piú equo il requisito dell'unanimità. Rivadeneyra, che lo aveva ascoltato senza battere ciglio, gli rispose che non si opponeva, ma che prima di emendare dovevano votare quella mozione, che essendo di gran momento richiedeva a sua volta l'unanimità: e siccome lui era contrario ecco che diventava inutile votarla. O forse Semprini voleva due pesi e due misure, chiedendo l'unanimità quanto al merito, e la maggioranza quanto al metodo? Cosí la mozione non passò, e Semprini capí che aria tirava. Chiese nuovamente la parola, anche per tacitare il tumulto che lo scuoteva. Incominciò dicendo che avevano novant'anni, Rivadeneyra addirittura novantuno, e che nella migliore delle ipotesi, in assenza cioè di ictus o di malattie degenerative o di demenza senile o di infarto, potevano campare ancora pochi anni, quanti? tre, forse quattro, forse cinque, poi comunque quei mali sarebbero arrivati, e nel frattempo sarebbero aumentati i dolori ossei, i tremori, l'incontinenza, avrebbero perso la memoria, i pochi denti che non erano ancora stati sostituiti dai ponti o dagli impianti a perno, sarebbero diventati mezzi ciechi, emiplegici, tutti ossame e pellaccia cascante, un orrore, un imbarazzo, una pena, e in quello stato davvero volevano continuare a spiarsi per cogliere negli altri due i segni della fine, davvero non si erano ancora stancati di giocare a quel gioco? Non sarebbe stato meglio se ognuno avesse preso la sua parte e con quella si fosse tolto i capricci che era sicuro avessero anche loro cosí come li aveva lui? Fino a quel momento avevano mantenuto il segreto sulle rispettive intenzioni, bene, incominciava lui a romperlo, quel fottuto segreto, avrebbe finanziato la propria monografia su Gene Hackman, che constando di tre tomi di ottocento pagine ciascuno e di seicento fotografie avrebbe richiesto una bella cifra, poi sarebbe andato in pellegrinaggio a San Bernardino, California, e a Santa Fe, New Mexico, poi avrebbe sovvenzionato una statua da collocare in una delle piú belle piazze di San Bernardino, poi con i soldi rimanenti avrebbe acquistato un bel po' di tavole originali di George Herriman, di Elzie Crisler Segar, di Bud Sagendorf, di Chester Gould, di Al Capp, di Hergé, di Magnus e di Jacovitti, ecco, questi erano i suoi capricci e i suoi sogni, e voleva avere un minimo di tempo per trasformarli in realtà e per goderseli, altrimenti partecipare alla riffa non avrebbe avuto alcun senso. È da notare che, perorando con tanta passione, Semprini non si rivolgeva a Rivadeneyra, di cui conosceva bene l'intenzione, ma alla Bathory, che si era pronunciata a favore dell'oltranza semiprivatamente, nella pasticceria «Cova» di via Cusani, senza che Rivadeneyra, il successivo 22 luglio 2029, si sentisse in dovere di ragguagliare il resto della classe circa quei primi pronunciamenti (Sancio, Ricci, Mascolo e Bathory), tanto che ai nuovi interpellati la cosa sembrò un gioco accademico ideato lí per lí. Concionando, dunque, Semprini guardava prevalentemente la Bathory, che tuttavia tenne quasi sempre gli occhi bassi. Lo stesso Rivadeneyra aveva incassato la sua disponibilità all'oltranza, ma essendo passati quasi diciott'anni, e non essendosene piú parlato, non poteva essere sicuro che non avesse cambiato idea: non fosse che per un invecchiamento che Semprini aveva buon gioco a rappresentare come un incubo. Dunque prese lui la parola, rivelando che il suo segreto era devolvere interamente la sua parte di premio agli eredi di tutti i loro compagni morti, e che questo evidentemente non era né un capriccio né un sogno né un piacere che richiedesse qualche anno per essere goduto, il tempo che chi di dovere facesse delle ricerche e via, dopo i relativi bonifici non ci sarebbe stato piú nulla da godere: al contrario protrarre la riffa ad oltranza gli avrebbe dato la possibilità, in caso di vittoria, di consegnare agli aventi diritto una cifra tripla. Qui Semprini lo interruppe facendogli notare: primo, che se non avesse vinto il premio finale il suo esercito di eredi non avrebbe ricevuto un centesimo; secondo, che se anche avesse vinto avrebbe rischiato che, nel frattempo, a molti di quegli eredi ne fossero subentrati altri, con una moltiplicazione e complicazione che avrebbero portato a una generale situazione di stallo, nel qual caso il suo voluttuoso e sadico procrastinare avrebbe avuto conseguenze negative per tutti e per la cosa in sé e finalmente per la psiche sua di lui Rivadeneyra, tormentato dai sensi di colpa per quanto gli restava da vivere. L'altro ribadí che entrambi stavano commettendo un errore contenutistico, e che era opportuno riportare la disamina su un piano formale, in altri termini sullo spirito originario del gioco. Semprini obiettò che questa storia dello spirito originario saltava fuori a comando quando faceva comodo, e citò diversi film storici (senza Gene Hackman) in cui i Padri Fondatori di questa o quella professione di fede si appellavano al suddetto spirito, quello che per esempio aveva imposto a Brigham Young di trascinare i Mormoni nello Utah. E comunque, riprese sempre piú accalorato, anche lo spirito del gioco prevedeva che i vincitori si godessero il loro premio, perché la logica della competizione, formula che preferiva a spirito del gioco, era che chi morisse perdesse e chi vivesse vincesse, loro erano vivi e dunque dovevano riscuotere, altrimenti in attesa di quell'ulteriore supplemento di gara sarebbero stati come morti, senza niente in mano, e due di loro da come morti sarebbero diventati morti *tout court*, e se c'era un aldilà già si immaginava gli scherni e i lazzi dei loro ventisette compagni, increduli di fronte a tanta stoltaggine. Rivadeneyra stava per replicare ma Semprini continuò come un fiume in piena, rimettendo in primo piano la questione dell'età. Quanto volevano vivere? Quanto tempo pensavano di avere a disposizione? Avevano dimostrato di essere longevi, e va bene: ma per quanto ancora? Protrarre a oltranza la riffa avrebbe avuto senso, eventualmente, se tutto si fosse risolto in due o tre anni: ma se tutti tenevano duro, se le loro pellacce fossero arrivate al traguardo del secolo? Si stava parlando del 2055, davvero volevano arrivarci come mummie paralitiche, tutti e tre a mugugnare «Nun moro! Nun moro!»? E qui lo minacciò, in effetti si trattò di una minaccia, perché gli disse di stare molto attento, poiché se avessero preso quella strada gli prometteva che gli avrebbe fatto sputare sangue imponendosi di vivere molto piú a lungo di quanto lui potesse immaginare, dunque facesse bene i suoi conti. Anche se, ammise subito dopo, sarebbe stata una vittoria di Pirro, perché poi lui Semprini sarebbe stato troppo decrepito per viaggiare, dunque niente San Bernardino e niente Santa Fe, probabilmente sarebbe diventato cieco, dunque niente Herriman e niente Sagendorf, e nel frattempo chissà quanti libri sarebbero usciti su Gene Hackman (oltre a quelli già usciti dopo la sua morte), sicché nessun editore avrebbe voluto pubblicare la sua monografia, benché interamente finanziata da lui. Irritato, insofferente, Rivadeneyra tamburellò con le dita sul suo laringòfono, poi a sorpresa diede la parola alla Bathory. Questa alzò lo sguardo, fissò prima uno poi l'altro, quindi disse che questa storia le ricordava il paradosso di Zenone su Achille e la tartaruga, perché piú ci si avvicinava al traguardo piú le cose si facevano lunghe. Disse che, tolti i primi quattro casi di Ruffolo, Crollalanza, Mentasti e Mòttola, ben quattordici decessi erano avvenuti negli anni Venti (Maldifassi, Giovenzana, Cartarini, Fustigati, Letellier, Brusaglia, Piselli, Ridolfi, Gaudillo, Testaviva, Coppo, Mercandalli, Rebaudengo, Riccadonna), quattro negli anni Trenta (Sancio, Mascolo, Migliavacca, Brancigalievore), e tre negli anni Quaranta (Ricci, Brodo, Podesta), secondo una progressione che non aveva senso, perché in un decennio in cui avevano fra i sessanta e settant'anni ne erano morti quattordici, mentre in due decenni in cui avevano fra i settanta e i novant'anni ne erano morti in tutto appena sette, numero che al massimo poteva salire a nove includendo, com'era ragionevole supporre, la De Cruce e Musadino. Vero era che una buona parte di quei quattordici decessi erano casi di morte violenta, di per sé inversamente proporzionale all'età, ma restava il fatto che il ritmo delle dipartite aveva rallentato. Questo, in prospettiva, lasciava immaginare che la riffa potesse durare ancora un bel po', a istinto avrebbe detto sette-dieci anni, precisamente quanto paventato da Semprini, che in cuor suo vedeva già la Bathory votare al proprio fianco. Senza scomporsi, Rivadeneyra le ricordò che non aveva ancora svelato il segreto della destinazione. La Bathory rispose dicendo di voler restaurare il castello di Csejte, allora Čachtice, per ridare lustro alla propria dinastia. «Se aspetta ancora un po'», pensò Semprini, «dovrà restaurare un mucchio di macerie», e confidò nella votazione. Il piú esitante adesso sembrava Rivadeneyra, che non si capiva mai se agisse e parlasse per convinzione o per puntiglio. Allora riprese la parola la Bathory, osservando che fino a quel momento nessuno si era azzardato a fare una previsione, nonostante dovessero averci pensato e non da quella volta. In una frazione di secondo Semprini si disse che Rivadeneyra doveva essere sicuro di vincere, e che affermare lo stesso di sé non avrebbe fatto che stuzzicare l'orgoglio e l'agonismo dell'altro, sicché, ostentando stanchezza e pessimismo, si affrettò a dire che lui no, non credeva di poter vincere, lasciava quella sorte a uno degli altri due. Stando al gioco, Rivadeneyra disse che lo prendeva in parola, anzi che ci contava, aggiungendo che fra lui e la Bathory sarebbe stata una bella sfida. Incurante delle loro manfrine, la Bathory bevve ancora un sorso di champagne, poi disse a entrambi di rassegnarsi, perché avrebbe vinto lei. Complimentata da Rivadeneyra per tanta franchezza, disse di non attribuirsi meriti particolari, e di dovere tutto alla protezione di Erzsébet Báthory, la sua terribile ava. Rabbrividendo, Semprini rivolse un silenzioso pensiero a Gene Hackman, chiedendosi nel contempo a quale ramo della famiglia si rivolgesse il padrone di casa, se ai Rivadeneyra di Castilla y León o a quelli della Galizia. Ma finalmente bisognava votare.

Semprini disse: «Finiamola qua».

Rivadeneyra disse: «A oltranza».

La Bathory, dopo alcuni istanti di silenzio sadico, disse: «Oltranza».

Era il 9 maggio 2046. Rivadeneyra aveva novantun anni e centodiciassette giorni, la Bathory novant'anni e duecentoquarantanove giorni, Semprini novant'anni e centoquarantasette giorni. Settantaquattro giorni dopo si sarebbero rivisti per la cena numero 72. La III A era ridotta a un decimo dei suoi effettivi.

Il 22 luglio 2046, espletate le formalità, Rivadeneyra fece una proposta rivoluzionaria. Poiché non avevano piú l'età per andarsene in giro e far tardi la sera, proponeva ai suoi due compagni di trasferirsi da lui, che aveva una casa enorme con tante stanze inutilizzate e poteva disporre di un efficiente personale di servizio. Beninteso avrebbero mantenuto le proprie abitazioni, dove sarebbero potuti tornare in qualsiasi momento. L'ospitalità sarebbe stata a carico suo, senza intaccare il montepremi. La Bathory gli chiese scherzando se avesse intenzione di avvelenarli nottetempo o di strangolarli con il cordone di una tenda o di un baldacchino, ma accettò senza avergli dato il tempo di rispondere. A quel punto Semprini si sentí tagliato fuori, e con un misto di vergogna e di gratitudine accettò a sua volta. Era inteso, proseguí Rivadeneyra, che alle parti comuni della casa accedessero con il massimo decoro, vale a dire non in pigiama o camicia da notte non in tuta non in ciabatte non spettinati eccetera: avendo tutti un'età che richiedeva la massima cura di sé anche sul piano formale. La Bathory si sentí rassicurata da queste parole, che misero invece un po' di ansia a Semprini, il quale aveva sempre avuto la tendenza, *chez soi*, a lasciarsi andare per quanto riguarda l'igiene, i vestiti, le lenzuola, la pulizia della casa e del bagno in particolare: ma si disse che poteva farcela.

Il trasferimento avvenne in varie riprese nel corso di quell'estate. Ora di settembre, i tre compagni di classe formavano una famiglia. La convivenza fu piú facile del previsto. Di norma ognuno restava nei propri appartamenti, dove dormiva, leggeva, scriveva; si vedevano a cena, quasi mai a pranzo anche perché quasi sempre lo saltavano. Potevano passare giornate intere senza incontrarsi, e settimane intere senza che nessuno di loro pensasse alla riffa. Una sera, però, la Bathory chiese a bruciapelo cosa sarebbe stato di loro, e intendeva lei e Semprini, se il padrone di casa fosse morto per primo. Rivadeneyra disse che se ne sarebbero dovuti tornare alle loro case, ma che avrebbe aggiunto al testamento un codicillo che impedisse ad Adalberto di cacciarli via prima di un anno. Pochi giorni dopo si presentava nel salone il direttore di un importante istituto di credito e di affari, perché Rivadeneyra voleva che i suoi compagni avessero la firma e quanto occorresse per disporre liberamente del Fondo III A, com'era stato denominato nel 1975. Quando arrivò il 22 luglio 2047 non si erano accorti che era già passato un anno. «*Ruit hora*», latineggiò Rivadeneyra, poi per la prima volta da tempo immemorabile si ubriacarono. Semprini si produsse in una raffica di imitazioni di Gene Hackman: in particolare godeva quando, ucciso in duello il proprio figliolo, interpretato da un insopportabile Leonardo DiCaprio, Gene Hackman diceva: «Non è mai stato provato che fosse mio figlio». Ormai anche i suoi compagni sapevano che si trattava di una scena di *Pronti a morire*, e come se lui fosse un *jukebox* in cui inserire le monetine gli chiedevano questo pezzo o quell'altro: «Fammi *Il principio del domino*, quando dice: “Una scheggia nel culo!”», «Fammi Popeye quando nel secondo *Braccio violento* pretende la maionese urlando “maio! maio-maio-maio!”», «Fammi Little Bill quando sfotte Bob il Francese...» In queste occasioni Semprini non mancava mai di far presente che le sue imitazioni non erano niente rispetto a quelle di Brodo, quando citava i film western di Sergio Leone. Dopodiché la Bathory sorprese tutti intonando un antico canto ungherese, con il quale, spiegò poi, una donna pregava il promesso sposo, morto in guerra, di uscire dalla tomba e venire da lei per celebrare le nozze. Da quella sera presero l’abitudine di trovarsi nel salone ogni martedí e ogni venerdí, per elevare il proprio spirito con letture, recitazioni, canti, racconti, discussioni su temi filosofici; oppure per giocare a scacchi, o a Scarabeo; o per sfogliare libri d’arte, che la biblioteca di Rivadeneyra conteneva in gran quantità; o per rievocare episodi della loro vita, episodi che spesso coinvolgevano i compagni defunti e talvolta perfino i loro professori, di cui avevano un ricordo nitidissimo come se fossero stati a lezione quel giorno stesso. Talvolta Rivadeneyra sedeva al clavicembalo (un gioiello che aveva acquistato tanto tempo prima a Salisburgo, sicché amava immaginare che fosse stato usato dal divin fanciullo) e suonava, non come un vero pianista ma comunque dignitosamente, soprattutto quando eseguiva il suo pezzo preferito, un lungo brano delle *Variazioni Goldberg*, di necessità avendo in testa la versione lentissima con cui nel 1981 Glenn Gould ribaltò la propria velocissima versione del 1955. Cosí fu quasi inevitabile che verso la fine di una di quelle serate Semprini, commosso, riconoscesse pubblicamente che la protrazione a oltranza della riffa aveva i suoi aspetti positivi, perché nel caso contrario, intascata la propria parte, quasi certamente si sarebbero persi di vista.

Una sera Semprini inventò un gioco. Prese trenta cartoncini, e su ognuno scrisse il nome di un membro della III A. Poi prese altri trenta cartoncini di un altro colore, su sette dei quali scrisse «brutto male», «aneurisma», «infarto», «ictus», «incidente», «suicidio», «omicidio», mentre sugli altri ventitre non scrisse niente. Poi, piegati i cartoncini in modo che non si vedesse la scritta, li versò in due ciotole, invitando Rivadeneyra a pescare nella ciotola della vita e della morte e la Bathory a pescare in quella con i nomi, a imitazione dei sorteggi della *Champions League*. Si stabilí che ogni causa di morte poteva essere sfruttata tante volte quante erano state le occorrenze reali, dopodiché si procedette con l'estrazione. Gli abbinamenti risparmiavano il tale e condannavano il talaltro, e si procedette cosí, con vari giri, fino a quando rimase un solo nome, quello del vincitore: che risultò essere, per ironia del destino, quello di Luciana Migliavacca. Piselli, per la soddisfazione di tutti, morí ancora di morte violenta.

Il 22 luglio 2048 li colse immutati, come tre figurine in una stampa antica. «Sembriamo gli ologrammi dell'*Invenzione di Morel*» disse Semprini, e poiché gli altri non conoscevano quel libro glielo raccontò. Qualche giorno dopo, il 29 luglio, Rivadeneyra si ruppe un femore cadendo nel salone: fu ricoverato al Fatebenefratelli, operato, e dimesso dopo una degenza di due mesi. In quel periodo Semprini si sentí in imbarazzo perché pensava che chi adesso avesse visto lui e la Bathory li avrebbe presi per marito e moglie, cosa che in effetti non gli sarebbe spiaciuta se solo fosse stata organizzata settant'anni prima. Quanto a lei, forse non fu un caso che proprio in quel periodo avesse incominciato a chiamarlo Gin, con una confidenza che evidentemente la presenza di Rivadeneyra aveva fino a quel momento scoraggiato. Prima lo aveva chiamato solo Semprini, secondo l'abitudine scolastica di chiamarsi per cognome. Rivadeneyra, infatti, non era mai stato Lorenzo per loro, al massimo Riva, e lei non era mai stata Elisabetta, anche perché, nel suo caso specifico, quel nome, essendo la traduzione di Erzsébet, suonava particolarmente falso. Né lui né lei accennarono mai alla possibilità che Rivadeneyra non tornasse piú a casa ma finisse dritto al cimitero, anche perché non se lo auguravano: e quando fece ritorno lo festeggiarono come un fratello riapparso d'oltreoceano. Semprini osservò che solitamente dopo gli ottant'anni la rottura del femore è fatale, e che Rivadeneyra doveva avere ereditato dai suoi avi una tempra speciale. A sua volta la Bathory disse che anche se le origini della stirpe di Semprini erano oscure la sua tempra non doveva essere da meno, perché con tutti i mezzi infarti che aveva avuto sarebbe dovuto essere schiattato da un pezzo. Rivadeneyra chiuse il triangolo magnificando la tenuta e la resistenza della Bathory, che pesando poco piú di trentotto chili dava sempre l'impressione di essere sul punto di dissolversi. Insomma si facevano i complimenti, e ognuno si compiaceva di trovare negli altri quella vitalità in cui si rifletteva la propria. Sempre piú spesso rievocavano i compagni, che aleggiavano su di loro come fantasmi. Li ricordavano ad uno ad uno, il loro modo di parlare e di camminare, i loro gesti, certe battute pronunciate in certe occasioni, la leggerezza di alcuni e la pesantezza di altri, l'assurdo borsello di uno, il montgomery blu di un altro, gli occhiali, gli anelli, le fibbie, i *foulards*, e a Semprini sembrava di assistere alla fine di un film di guerra, quando appaiono in appositi riquadri i volti dei protagonisti (al meglio del loro miglior sorriso) e di ognuno si informa morto a Okinawa morto a Tay Ninh morto nella battaglia della Somme morto a Tunan morto a Omaha Beach morto nel Golfo Persico morto morto morto.

E una notte la Bathory sognò la Podesta che le diceva «Manca poco», ma glielo diceva in antico ungherese. E un'altra notte Rivadeneyra sognò di essere inseguito da un assassino che aveva in una mano un'ascia e nell'altra mano, tenuta per le orecchie, una lepre morta, al che, la mattina dopo, Semprini gli disse che era un chiaro riferimento a Brancigalievore, che significa appunto «acchiappalepri». E riprendendo la loro abitudine di conversare, la sera, concordarono sul fatto che di morti strane ce n'erano state tante, ma nessuna strana come quella della Rebaudengo, uccisa da Musadino con una Beretta in un magazzino della Caritas. E diverse volte si sforzarono di ricostruire la genesi della riffa, risalendo ai primi o al primo o alla prima che ne ebbero l'idea, ma come sempre non approdarono a nulla. E di tanto in tanto guardavano la fotografia della III A scattata da un fotografo anonimo nel cortile del ginnasio-liceo Giovanni Berchet, gloria della città di Milano, e se la passavano dall'uno all'altro contendendosela come un trofeo. E un pomeriggio Semprini si mise a correre per tutta la casa di sala in sala urlando che era un demente, e quando gli chiesero perché rispose che doveva arrivare all'età di novantadue anni per rendersi conto che il nome della sua via era quello dello Stato in cui c'era la città di San Bernardino, come se la Bathory avesse la residenza in viale Ungheria e Rivadeneyra in piazza di Spagna, a Roma. E un'altra sera andarono in cerca con la memoria di quei compagni che erano usciti dalla loro classe e dalla loro vita essendo stati bocciati in IV o in V ginnasio o in I liceo, non essendosi poi piú date bocciature in quella che veniva considerata una classe eccellente non a caso contrassegnata dalla lettera A, perché a quei tempi i professori di ruolo piú bravi e piú carismatici stavano nella sezione A, mentre i supplenti raccogliticci e svogliati insegnavano nella G o nella H, e di conseguenza i casi intermedi si sgranavano fra la B e la F, secondo una gerarchia che dai docenti si trasmetteva poi agli studenti, sicché se una IV ginnasio A e una IV ginnasio H partivano alla pari, nel corso del quinquennio si differenziavano prendendo direzioni opposte, la cultura e la passione e l'eccellenza nella A, l'ignoranza e la malacreanza nella H, il tutto, s'intende, con le debite eccezioni: e insomma da quello sforzo mnemonico risultò che nei primi tre anni la classe aveva perso per strada cinque soggetti essendo la IV ginnasio formata da ben trentacinque studenti, e che i nomi di questi cinque erano in ordine alfabetico:

Acerenza Filippo
Brusamolino Davide
Canasta Giovanna
Premoli Rossana
Stringa Marcello

E sovrastato dall'emozione nevrotica che si accompagnava a queste ricerche, Semprini sentí di desiderare mostruosamente di entrare in possesso di una fotografia della classe frequentata da Gene Hackman quando aveva l'età che avevano loro in III A, una fotografia quindi dell'anno scolastico 1948/1949, in bianco e nero, con un bordino bianco ormai ingiallito, una fotografia sulla quale, dopo un attimo, porre il polpastrello del dito della mano destra o della sinistra se mancini, porre il polpastrello e dire: «Eccolo qui!»

E fra una cosa e l'altra arrivò il 22 luglio 2049, seguito in un lampo dal 22 luglio 2050, senza che nella loro vita fosse cambiato molto, se si eccettuano i compleanni, che segnavano novantacinque per Rivadeneyra e novantaquattro per gli altri due, e i dimagrimenti, meno vistosi per la già magrissima Bathory e piú evidenti per i due uomini, ed ecumenicamente il calo della vista e dell'udito, per il resto rimanendo tutti e tre nel pieno possesso delle facoltà mentali e, cosa non da poco, del tutto autosufficienti per quanto riguarda le funzioni fisiologiche, il vestirsi e svestirsi, il mangiare e il camminare. E continuavano di nuovo a chiamarsi con i cognomi come a scuola, Riva, Bathory, Semprini, e poiché dalla Maturità si erano visti tutti gli anni e qualche anno anche piú di una volta, non avevano percepito il rispettivo invecchiamento, come capita invece quando si incontra qualcuno dopo venti o trent'anni ed è una specie di *shock*, sicché continuavano a vedersi giovani, come se una vista a raggi X attraversasse i loro vestiti e la loro pelle individuandone il nucleo originale e primigenio, relegando tutto il resto nella dimensione dell'accidente e dell'inessenziale.

Finché, la mattina del 14 settembre 2050, Rivadeneyra non si svegliò. Non aveva avuto né infarti né ictus né malori di sorta, semplicemente aveva protratto il suo sonno *ad infinitum*. Si poteva dire, alla faccia delle centinaia di patologie che possono fermare una vita, che era morto di vecchiaia. E infatti il suo volto era sereno e disteso, tanto che i suoi due compagni, che nemmeno per un attimo pensarono alla riffa, lo invidiarono e furono contenti per lui. I funerali si svolsero nella chiesa di Sant'Ambrogio ad Nemus, a poche decine di metri da casa sua, alla presenza di Adalberto, il figlio di Massimiliano Augusto, e di tutto il personale della «Rivadeneyra *import-export*», cui si erano aggiunte autorevoli figure del mondo imprenditoriale e finanziario. C'era anche il personale di servizio, in lacrime, e c'erano naturalmente loro due, che per la prima volta nella loro vita si tennero per mano.

Rientrati in quella vasta magione che senza il suo proprietario sembrava deserta, decisero di non aspettare di essere sfrattati da Adalberto, e di anticipare il ritorno alle rispettive abitazioni. In questo frangente la Bathory stupí Semprini proponendogli di ospitarlo a casa sua, vista la precarietà delle loro condizioni ma vista anche la consuetudine che si era instaurata fra loro. Semprini ne fu commosso, ma disse che a quella stregua preferiva invitare lei da lui, perché la sua casa era un po' piú grande. La Bathory ribatté che sí, era piú grande, ma talmente piena di fumetti e di film da muovercisi a stento, cosí almeno stando a quanto lo stesso Semprini aveva piú volte raccontato in cene lontane. Semprini riconobbe l'inconveniente, ma disse che quei fumetti e quei film (di cui aveva portato a casa di Rivadeneyra solo una piccola parte) erano stati tutta la sua vita, e che ultimamente li aveva trascurati fin troppo, e insomma che non poteva pensare di andare a morire in nessun altro posto che non fosse quello. Di fronte a un argomento come questo, la Bathory accettò.

Con l'aiuto dei domestici di casa Rivadeneyra il trasferimento fu effettuato tra il 10 e il 15 ottobre. La domestica piú anziana, cui Adalberto aveva già dato il benservito, acconsentí a trasferirsi a casa di Semprini, che dovette liberare per lei uno stanzino stracolmo di Satanik, di Kriminal e di Diabolik.

Cosí, compiuti da poco i novantacinque anni lei, sul punto di compierli lui, si avviavano alla cifra tonda dei cento, ma entrambi dubitavano di arrivarci e nemmeno lo volevano. La sera, o meglio il pomeriggio sul tardi, perché ormai andavano a dormire prestissimo, Semprini faceva vedere qualcuno dei suoi tesori all'amica, maneggiando gli album a fumetti con la cautela con cui un bibliotecario dell'Ambrosiana sfoglierebbe il Codice Atlantico di Leonardo o il Virgilio appartenuto a Petrarca con le miniature di Simone Martini. Le spiegava chi era Dick Tracy, e le faceva vedere che i suoi nemici, i peggiori criminali in circolazione e i piú sadici, avevano tutti una particolare deformità, la testa enorme o la fronte altissima solcata di rughe o i lineamenti confusi da un perenne tremolio o il volto ustionato o coperto di cicatrici o la fisionomia di una talpa e cosí via, quindi le mostrava le storie di Fearless Fosdick, che era la parodia di Dick Tracy fatta da Al Capp, autore della saga di Li'l Abner, non senza ragguagliarla sulle date di composizione, sulle sedi originali, sui criteri con cui lo slang e il dialetto erano stati tradotti in italiano, e naturalmente sui film con attori in carne ed ossa che erano stati tratti da quei fumetti, film pessimi perché quei fumetti erano perfetti e la perfezione la si può solo rovinare. Oppure le sciorinava davanti le avventure di Tintin in giro per il mondo insieme al capitano Haddock e al cagnolino Milou, invitandola ad apprezzare la pulizia del segno e la cura maniacale con cui Hergé, pseudonimo del belga Georges-Prosper Remi (1907-1983), disegnava le automobili e gli arredi e i vestiti secondo l'uso e la moda dei tempi e dei luoghi in cui le sue storie erano ambientate. Un'altra volta, per diversi pomeriggi di fila, la incantò facendole vedere le strisce di Krazy Kat inventate e disegnate da George Herriman, strisce surreali in cui, con infinite varianti, si ripeteva la medesima situazione: un topo, Ignatz, che tirava un mattone in testa a Krazy Kat, che non si era mai saputo se fosse un gatto o una gatta, e un cane-poliziotto che per questo metteva il topo in prigione, mentre Krazy Kat, lungi dal lamentarsi per il mattone, si scioglieva d'amore per Ignatz: e questo nella contea di Coconino nello Stato dell'Arizona. Poi passò al fumetto *underground*, mostrandole l'opera di Robert Crumb, ossessionato dalle donne con delle gambone come prosciutti, e autore fra l'altro di un fumetto sessualmente molto spinto relativo alle imprese di Fritz il Gatto, personaggio che Brodo avrebbe sottratto alla storia del fumetto per consegnarlo alla dimensione extra-artistica del sesso, come lei Bathory ben sapeva. E per restare in argomento le fece vedere tutta la saga di Necron, incentrata sulle malefatte della dottoressa Frieda Boher, una debosciata che girava mezza nuda in cerca di cadaveri con cui copulare beneficiando del loro *rigor mortis*, assistita in questo da una creatura cibernetica non meno libidinosa e sfrenata di lei da lei essendo stata creata, sicché anche in questo caso non sussisteva il minimo dubbio su come Brodo avrebbe rubricato quest'opera di Magnus, pseudonimo di Roberto Raviola (1939-1996). Poi, dopo un rapido *excursus* su Milo Manara e Jordi Bernet, Semprini diede spazio alla satira, in particolare quella francese, esibendo gli album di Wolinski, ucciso dai terroristi il 7 gennaio 2015 a Parigi nella sede di «Charlie Hebdo» (rue Nicolas-Appert 10), e di Jean-Marc Reiser, probabilmente il disegnatore piú scorretto di ogni tempo e per questo il piú irresistibile. Wolinski, aggiunse Semprini, aveva collaborato con Georges Pichard per le avventure della procace e pressoché sempre nuda Paulette, e Pichard, in proprio, aveva pubblicato un album, ecco che lo prendeva, intitolato *La contessa rossa*: album che sulla falsariga di un testo di Leopold von Sacher-Masoch raccontava la vita di Erzsébet Báthory, e che lui adesso le regalava, e che lei accettò colma di gratitudine, mentre su di loro aleggiava il fantasma eccitato di Brodo. Nelle sessioni successive sarebbe stata la volta dell'Uomo Mascherato e di Mandrake, di Superman, che in Italia si era chiamato Nembo Kid, di Batman, quindi dell'Incredibile Hulk e dei Fantastici Quattro, fra i quali lui Semprini aveva sempre simpatizzato con La Cosa, che dei quattro era anche l'unico a non poter cambiare di forma. Insomma fu un corso accelerato di storia del fumetto, che diede a Semprini la sensazione che il senso di tutto quel collezionismo si fosse rivelato solo in quelle lezioni, impartite da un novantacinquenne a una novantacinquenne con lo spirito di un bambino di circa dieci anni. Naturalmente, passando i mesi, venne la volta di Flash Gordon, di Dick Fulmine, di Pogo, di B. C., di Jeff Hawke, di Corto Maltese, di Beetle Bailey, di Cocco Bill (che aprí la via alla rassegna degli innumerevoli personaggi di Jacovitti, matite e lische di pesce e salami compresi), per poi retrocedere nell'anamnesi a Bibí e Bibò e al Signor Bonaventura, che se fosse stato in classe con loro avrebbe vinto la riffa, su su fino a Pierino Porcospino, e poi come su un ottovolante giú a perdifiato fino ai *Racconti della Cripta* e a tutte quelle storie paurose concepite e disegnate da talenti che Semprini considerava come la Scuola di Atene, gente come Russ Jones, Stan Lee, Jack Kirby, Steve Ditko, John Romita e altri, semisconosciuti in Italia e sotto-rappresentati da alcuni volumetti intitolati a Zio Tibia, che tuttavia avevano ancora per lui un grande valore affettivo. Ammaliata da tanto bendidio, la Bathory sviluppò in quei mesi una vera e propria dipendenza, sicché ogni giorno esigeva la sua razione di storia del fumetto: poi, oltrepassata la storia e la filologia, volle i fumetti in se stessi, assoluti e immediati: e ne leggeva in continuazione servendosi da sé come in un supermercato, alla sola condizione di rimetterli esattamente al loro posto a lettura avvenuta. Semprini approfittò dell'autonomia della sua compagna per rivedere integralmente il testo della monografia su Gene Hackman, per la quale non aveva ancora trovato un titolo. Saltuariamente, per confermare un dettaglio, rivedeva un film in cerca di una battuta o di un'inquadratura.

Il 22 luglio 2051 li colse cosí, lei immersa nella lettura della primissima storia di Braccio di Ferro in cui compariva il personaggio di J. Wellington Wimpy (tradotto in italiano come Poldo Sbaffini), lui intento a rivedere *L'avventura del Poseidon*. Prima di andare a dormire, brindando con una marca di champagne sopraffino che Semprini si era procurato dopo averla intravista in casa di Bruce Wayne *alias* Batman, si promisero mutua assistenza fino all'ultimo momento, ed egoisticamente ognuno di loro si augurò di andarsene per penultimo. Nei mesi seguenti parlarono a lungo della possibilità di dividersi il premio metà per uno, in modo da avere il tempo di realizzare i loro progetti, ma alla fine non ne fecero niente, perché si sentivano vincolati alla parola data a Rivadeneyra e all'esito dell'ultima votazione. Semprini stava esaurendo i risparmi della sua attività di mercante di fumetti e libri vecchi, ma la Bathory continuava a ricevere sul proprio conto bancario la cifra che riceveva fin dai tempi del liceo, e che le aveva permesso di non lavorare mai in vita sua. Nessuno era riuscito a sapere quale fosse la fonte di quell'introito, finché una sera, nel periodo in cui erano ospitati da Rivadeneyra, lei rivelò spontaneamente che si trattava del lascito di una vecchia zia, morta a Budapest nel 1960, anzi piú che un lascito un *életjáradék*, un vitalizio. Semprini, pensando anche alla ricchezza di Rivadeneyra, le disse che pioveva sempre sul bagnato, al che lei lo spiazzò dicendo che proprio per quello sarebbe stato giusto che la pioggia cadesse su di lui. E un giorno, commossi dall'ascolto delle *Variazioni Goldberg* suonate da Glenn Gould (1981), sfidarono le rispettive memorie impegnandosi a scrivere, ciascuno su un foglietto, i nomi dei propri ventotto compagni di classe anzi trentatre considerando i cinque persi per strada, ed entrambi totalizzarono trentadue, perché la Bathory dimenticò Premoli e Semprini dimenticò Giovenzana, che aveva sulla punta della lingua ma non gli veniva, quindi pensando ad Acerenza gli venne in mente Brodo quando fischiettava gli assoli di tromba nei film western di Sergio Leone, assoli eseguiti dal trombettista (o trombista, come preferiva dire Ennio Morricone autore di quelle colonne sonore nonché figlio di un trombista) Michele Lacerenza (1922-1989). In effetti, convennero, il compagno di classe che tornava piú spesso nelle loro menti era proprio Brodo, anzi *lucab'odo* pronunciato con la voce del Padrino quando nomina Luca Brasi. E un'altra sera fecero lo stesso gioco con i nomi dei cinquanta Stati Uniti d'America, cinquantuno contando il distretto della Columbia, e arrivarono ancora una volta alla pari, lei essendosi dimenticata il Rhode Island e il Wyoming e lui il Delaware e il New Hampshire. E fecero ancora qualche partita a scacchi e sempre finí con una patta, sicché incominciarono a pensare che forse sarebbero morti nello stesso momento, magari con uno scarto di pochi secondi, quelli sufficienti perché il sopravvissuto morisse a sua volta di crepacuore. E Semprini pensò al destino di Gene Hackman, che sopravvisse di qualche giorno alla moglie senza saperlo, senza sapere niente. E una sera in cui eccezionalmente non erano andati a dormire presto lei gli disse che forse la loro poteva essere considerata una storia d'amore, e lui disse sí, ed entrambi immaginarono un abbraccio fuori dal tempo, ma non si abbracciarono. E piú tardi, non riuscendo a dormire, Semprini pensò a Brodo che con una faccia da pazzo gli faceva dei gesti osceni per invitarlo ad andare da lei e zomparle addosso, e si mise a ridere nel buio, e lei lo sentí dall'altra stanza.

Il 2 settembre 2052 lei compí novantasette anni, e lui, che aveva ordinato un grande mazzo di fiori, le disse che i suoi antenati potevano essere fieri. Lei ammise che forse parte di tutto il sangue bevuto da Erzsébet era effettivamente arrivato fino a lei. Poi, fattasi di colpo seria, gli disse che sarebbero stati piú indicati i crisantemi e gli asfodeli, e lui ci rimase male, e lei si pentí di averlo detto, e ogni giorno che passava crescevano le attenzioni reciproche, il tatto, la gentilezza, la voglia di dire all'altro qualcosa di bello solo per il piacere di dirlo, e una volta lui si sforzò talmente per trovare qualcosa di affettuoso che gli uscí malissimo, perché le disse che, essendo state tolte, le sue tette erano le piú leggendarie del liceo, e che era sicuro che tutti, anche i ragazzi delle altre classi, le sognassero immaginandole alte nel cielo e rutilanti come in un'allegoria barocca, e appena finito di dirlo si chiese com'era stato possibile dire una simile stupidaggine, gratuita e irrispettosa oltretutto: ma lei rise, e disse che quelle tette non erano mai state una gran cosa, e che solo un folle come lui poteva avere avuto quel pensiero, al che lui, peggiorando la situazione, disse che sicuramente lo aveva avuto anche Brodo, anzi lo sapeva per certo. Di nuovo seria, lei osservò che a pensarci bene Brodo poteva essere considerato la coscienza sessuale di tutti loro, affermazione su cui lui non ebbe da obiettare. Il 19 dicembre, quando aveva da poco compiuto gli anni anche lui, lei andò a dormire prima del solito. Al mattino, non vedendola comparire, lui bussò alla sua camera. Invitato ad entrare da un filo di voce, la trovò a letto, supina, le braccia abbandonate ai fianchi. Aveva deciso, gli disse, di non alzarsi piú: era stanca, lui la poteva capire. Certo, la capiva, era stanco anche lui, ma a quel punto non era meglio andare avanti come nulla fosse, spensierati, fino a rimanere sorpresi, sorpresi in senso etimologico aggiunse, sovra-presi, dall'alto? Ma soprattutto, le disse reprimendo il pianto, lei non poteva fargli una cosa simile. E siccome effettivamente non poteva, lei gli propose un compromesso: non si sarebbe piú alzata dal letto, ma non avrebbe nemmeno cercato di morire. Qui lui le chiese come avesse pensato di farlo, e lei rispose che si sarebbe concentrata sulla propria morte, invocandola con una tale forza di volontà che anche il suo organismo avrebbe dovuto prenderne atto e accontentarla: ma ora, per lui, si sarebbe limitata a giacere. Lui sfruttò il momento favorevole per chiedere se poteva venire ogni giorno in camera sua, all'ora a lei piú gradita, per intrattenerla, cosa che lei concesse di buon grado purché i fumetti che lui sicuramente le avrebbe portato e i film che altrettanto sicuramente avrebbe proiettato glieli raccontasse a parole, in modo che lei, intanto, potesse tenere gli occhi chiusi e immaginare quello che lui le avrebbe detto. Presero cosí quest'abitudine, e spesso, quando lui aveva finito, lei si era addormentata, come una bambina a cui sia stata raccontata una fiaba: in quelle occasioni lui si chinava su di lei stampandole un leggero bacio sulla fronte, in effetti già fredda come quella di una morta. Di tanto in tanto, quando la vedeva un po' piú presente, era lui a chiedere che fosse lei a raccontargli qualcosa del folklore ungherese, favole e leggende terribili che avrebbero terrorizzato un bambino, e che lei raccontava con la sua voce affilata, intercalando espressioni ungheresi la cui spiegazione richiedeva lunghe chiose linguistiche. E una sera gli disse quello che non aveva mai detto a nessuno, e cioè che i Bathory discendevano dalla famiglia di Mattia Corvino, e quindi che in lei scorreva sangue reale, al che lui poté solo citare quanto aveva letto nel *Dizionario Onomastico-Etimologico*, e cioè che il cognome Semprini deriva dalla *gens* Sempronia, un clan dell'antica Roma che aveva dedotto il proprio appellativo dall'avverbio *semper*, per darsi un crisma di costanza e fedeltà. «Vedi?» gli disse lei, «era scritto nel tuo nome che dovessi vincere tu». Per un attimo la parola «vincere» suscitò nella mente di lui l'immagine di una Gin Semprini che taglia vittoriosa il traguardo della 24 Ore di Le Mans, tanto la riffa era uscita dai suoi pensieri. Un'altra volta, vedendola spegnersi sempre di piú giorno dopo giorno, le chiese se non ci teneva a far restaurare il castello avito, al che lei rispose che era piú giusto che andasse in rovina. Un'altra volta ancora, per farla ridere, le disse che lui era diventato il suo schiavo come Brodo lo era stato della Ricci, ma lei non rise, anzi gli confessò una cosa che se l'avesse saputa Brodo sarebbe impazzito dall'eccitazione, e cioè che un giorno in cui lui non c'era la Ricci si era offerta di diventare lei la sua schiava, sicché Brodo, per la propria gioia, sarebbe sprofondato ancora piú in basso diventando lo schiavo della schiava, ma che lei aveva rifiutato, con grande delusione della Ricci che evidentemente aveva voluto provare di persona quello che provava Brodo nei suoi confronti. Semprini rise, e disse che se Brodo lo avesse saputo, anzi se la cosa si fosse avverata, il suo braccio destro sarebbe letteralmente esploso, e qui per fortuna rise anche lei. Poi lui immaginò una classe in cui i quindici maschi fossero gli schiavi delle quindici femmine, divertendosi a creare gli abbinamenti possibili in III A: ma lei non lo sentiva piú perché si era addormentata. Passava dormendo gran parte della giornata, svegliandosi qualche ora di notte, quando era lui a dormire. Nei rari momenti in cui si incontravano lei ci metteva un po' a metterlo a fuoco, poi le si illuminava lo sguardo e gli faceva un bel sorriso, lei che al liceo e per tutte le cene era nota come colei che non sorrideva mai. Lui si aggirava tra i suoi fumetti e i suoi film, che occupavano tutte le librerie e scaffalature della casa oltre a formare pile e colonne in ogni angolo delle stanze e lungo il corridoio. Se rivedeva un film con Gene Hackman andava a colpo sicuro su determinate scene, in ogni caso saltando le sequenze in cui lui non appariva. Dov'era rimasto un po' di spazio sulle pareti, in bagno o in cucina o sulle ante degli armadi, c'erano diversi suoi ritratti fotografici; il suo preferito era un fotogramma ingrandito degli *Spietati*, dov'era Little Bill Daggett, con il cappello e il suo classico sorriso beffardo.

Lei era stata di parola, perché quando arrivò il 2053 era ancora viva, immobile a letto come la statua di una nobildonna sopra il suo sarcofago in una chiesa romanica. Non aveva piaghe da decubito perché era cosí magra che non c'era nulla da piagare, e del resto aveva perso gran parte della sensibilità. Una notte, svegliandosi, percepí una presenza: acceso il lume, vide Semprini, completamente vestito tranne le scarpe, sdraiato accanto a lei, altrettanto supino. Dormiva e lei lo lasciò dormire senza piú prendere sonno. Al mattino lui le spiegò che quella notte, resosi conto di non averlo mai fatto, si era detto che non poteva morire senza aver dormito una volta insieme a lei, s'intende castissimamente. Lei scoppiò a ridere, perché ancora una volta le era venuta in mente la faccia arguta e maliziosa di Brodo, una faccia che esprimeva un concetto la cui verbalizzazione sarebbe stata: «Sí, come no!»

Aveva fatto appena in tempo, Semprini, perché una settimana dopo, il 19 gennaio 2053, Elisabetta Bathory era morta. Aveva novantasette anni e centotrentanove giorni. I funerali, alla presenza del solo Semprini e di due pie donne, si celebrarono nella vicina chiesa di Santa Maria del Rosario.

Ora Semprini era rimasto solo. La III A era lui, quando fosse morto anche lui sarebbero morti tutti una seconda volta. Dopo giorni di disperazione in cui si sentí vuoto come un sacco di carta, dopo essere sprofondato in un torpore tossico che non era né sonno né veglia, si ricordò della riffa. Aveva vinto, ora poteva togliersi tutti i capricci che voleva, andare in California, acquistare le tavole piú belle, finanziare la sua pubblicazione su Gene Hackman. Convocò per telefono il direttore del Fondo III A, accedendo facilmente a quella fortuna grazie alle istruzioni di Rivadeneyra. Si trattava ora di disinvestire e liquidare, operazione che richiese due settimane. Quando il direttore tornò con un fascio di documenti da firmare Semprini firmò, poi gli chiese di accorpare quell'immensa liquidità che scappava da ogni parte e depositarla su un nuovo conto intestato a lui, Lothar Gin Semprini. Ora poteva disporre del montepremi, erano stati necessari settantotto anni perché si arrivasse alla sua vittoria, settantotto anni che pesavano come un macigno sopra ai loro anni liceali, quando davanti a sé avevano la Maturità e non quella cosa mostruosa che aveva condizionato le loro vite. Provò imbarazzo, disagio, senso di colpa; soprattutto provò rimpianto, e se rinunciando alla vincita avesse potuto riportarne in vita tre lo avrebbe fatto, e sarebbero stati la Bathory, Rivadeneyra e la Migliavacca, poi però gli spiacque lasciar fuori Brodo e rimodulò quel patto fantastico, continuò a rettificarlo fino a includere nella resurrezione anche Gene Hackman.

Il 10 febbraio 2053 Semprini inviò in formato elettronico la sua monografia a dodici case editrici, scelte in base alla loro serietà, alla loro storia, alla presenza di collane dedicate al cinema. Nella lettera di accompagnamento si offrí, come da programma, di coprire tutte le spese. Curiosamente, nessuno rispose: evidentemente la sua era stata giudicata la proposta di un pazzo, anche perché il mittente aveva avuto l'ingenuità di dichiarare la propria età; e in ogni caso non aveva considerato il fatto che un'opera di quasi 2500 pagine, benché finanziata, avrebbe creato non pochi problemi di magazzino, visto che l'autore pretendeva una tiratura minima di 5000 copie. Ma circa quattro mesi dopo ricevette una lettera: la firmava l'ex direttore di una di quelle case editrici, passato per motivi di età al ruolo di consulente: aveva infatti settantanove anni, che se non lo mettevano alla pari con i novantasette di Semprini gli consentivano di pensare a lui come a una persona e non come a un relitto onirico del passato. Ora si dava il caso che quella casa editrice avesse ben due collane dedicate al cinema, una di saggi e studi relativi ai registi o ai generi o alle correnti, e una di monografie intitolate ai grandi attori, fra i quali non figurava ancora Gene Hackman, di cui anche lui, il consulente, era un patito per non dire un fan. Era dunque ben lieto, a nome della casa editrice, di accogliere positivamente la proposta, respingendo però, per etica della casa e per suo orgoglio personale, la generosa offerta di finanziamento: in cambio, pur sapendo di chiedere molto, invitava l'autore a snellire il testo di almeno un terzo, in modo da ridurre i tomi da tre a due: i quali non sarebbero usciti insieme ma separatamente e a distanza di un anno l'uno dall'altro, il primo con il titolo *Gene Hackman. Parte I* e il secondo con il titolo *Gene Hackman. Parte II* (ma non escludeva un sottotitolo, da studiare insieme, in cui comparisse la parola «faccia», come da desiderio dell'autore). Infine, si diceva disposto a partire con una tiratura non di 5000 ma, piú prudentemente, di 2500 copie.

Nella settimana seguente Semprini rilesse la lettera almeno venti volte. Ridurre il testo di un terzo era come tagliarsi un braccio, ma non dover finanziare la pubblicazione gli permetteva di investire in un nuovo e piú ambizioso progetto. Quindi alla fine accettò e firmò il contratto, chiedendo un anno di tempo per la dolorosa operazione di snellimento testuale. Al compimento dei novantotto anni, 13 dicembre 2053, stava ancora lavorando alacremente, togliendo una frase qua, un aggettivo o un avverbio là, senza mai avere il coraggio di cassare interi paragrafi o addirittura capitoli. Anche nelle fittissime note procedeva con la medesima esitazione, chiedendosi tormentosamente per quale ragione intrinseca e non meramente meccanica una citazione o un riferimento bibliografico dovessero essere espunti a fronte della conservazione di migliaia di dati analoghi. In questo modo il suo testo si asciugava a un ritmo lentissimo, quasi impercettibile, e dopo ogni asciugatura bisognava ricominciare da capo. Per questo, pur senza dirselo esplicitamente, aveva rinunciato al viaggio in California e nel New Mexico. Non solo, perché quel suo nuovo progetto lo aveva anche persuaso a rinunciare all'acquisto delle tavole originali dei maestri del fumetto, sicché il montepremi rimaneva intatto nella sua disponibilità. Cosí, entrato nell'anno nuovo, che se non ci fossero state sorprese lo avrebbe portato a compiere novantanove anni, Semprini, distratto il minimo indispensabile per continuare a vivere decorosamente, destinò l'intera cifra alla costituenda

FONDAZIONE HACKMAN

la cui finalità principale sarebbe stata quella di promuovere e diffondere nel mondo la conoscenza della vita e dell'opera di Gene Hackman tramite il restauro tecnico e filologico dei suoi film, l'organizzazione di convegni scientifici e di retrospettive, l'assegnazione di borse di studio per giovani attori, l'istituzione del premio Gin Semprini per la miglior tesi di laurea e della targa Daggett per la migliore interpretazione cinematografica, nonché la pubblicazione annuale degli «Studia Hackmaniensia»: fondazione che avrebbe avuto una sede adeguata nella città di Milano con una filiale nella città di San Bernardino, e sarebbe stata guidata da un Comitato Scientifico di primissimo piano da lui inizialmente nominato e da un Consiglio di Amministrazione da lui presieduto fino al sopraggiungere della morte. E mentre metteva a punto il progetto, avvalendosi della competenza di alcuni dei piú fidati collaboratori di Rivadeneyra, sentiva che solo in quei giorni di fervore tanti discorsi fatti e ascoltati al liceo sul patrimonio dell'umanità e sulla memoria storica e sul fine della ricerca e sulle arti e sulle tecniche e sul genio e sul canone trovavano un senso. Quindi, avviata l'impresa, tornò a dedicarsi all'estenuante opera di snellimento testuale, uno snellimento che in tutte le sue innumerevoli fasi non toccò mai le dediche, che rimasero sempre inalterate e che erano tre:

alla III A
a Erzsébet, in particolare
e naturalmente, a Gene

Certificato PEFC
Questo prodotto è realizzato con materia prima da foreste gestite in maniera sostenibile e da fonti controllate
PEFC/18-31-226
www.pefc.it

Einaudi garantisce la gestione sostenibile delle risorse forestali e usa carta HOLMEN certificata PEFC con fibra vergine proveniente da foreste sostenibili
www.holmen.com/paper

Stampato per conto della Casa editrice Einaudi
presso Grafica Veneta S.p.A. - Stabilimento di Trebaseleghe (Pd)

C.L. 27197

Ristampa					Anno			
1	2	3	4	5	2025	2026	2027	2028